Le carré jaune des fenêtres

©2021. Edico

Éditions : JDH Éditions pour Edico
77600 Bussy-Saint-Georges.
Imprimé par BoD – Books on Demand, Norderstedt, Allemagne

Conception couverture : Cynthia Skorupa

ISBN : 978-2-38127-061-6
Dépôt légal : mars 2021

Le code de la propriété intellectuelle n'autorisant, aux termes de l'article L 122-5.2° et 3°a, d'une part, que les « copies ou reproductions strictement réservées à l'usage privé du copiste et non destinées à une utilisation collective », et d'autre part, que les analyses et les courtes citations dans un but d'exemple et d'illustration, « toute représentation ou reproduction intégrale ou partielle faite sans le consentement de l'auteur ou de ses ayants droit ou ayant cause est illicite » (art L. 122-4)
Cette représentation ou reproduction par quelque procédé que ce soit constituerait une contrefaçon sanctionnée par les articles L. 335-2 et suivant du Code de la propriété intellectuelle.

Malo de Braquilanges

Le carré jaune des fenêtres

JDH Éditions
Magnitudes
5.0

Salut, bonjour, enchanté, mon fils.

Je peine à commencer cette lettre en forme de testament. Comment est-on supposé s'adresser à son fils, chair de ma chair, que je ne connaîtrai jamais ? Et de quel droit, d'abord ?

Par égoïsme, sans doute, on m'a souvent reproché d'être égoïste. J'ai besoin de laisser une trace dans ta vie. On peut comprendre, non ?

Par devoir, aussi, devoir de père s'entend, pauvre tentative pour te donner un peu de ce qui t'a été volé à la naissance.

On t'a expliqué, déjà, les adultes : tumeur au cerveau, trop profonde pour être opérée. On t'a dit, mais toi, tu t'en fous, maladie ou pas, c'est pareil, tu nais sans père et puis c'est tout. Je ne peux que te demander pardon. La vie est une garce. C'est ta mère qui dit ça, la vie est une garce ; elle a de ces expressions.

Et puis ça veut dire quoi, devoir de père, en quoi ça consiste, être père, que faut-il que je rattrape exactement, est-ce que je sais ?

Ce que je sais, c'est que je ne connais que ton attente, et que je n'aurai jamais l'honneur de te rencontrer. J'envie ta mère d'être déjà avec toi. L'accouchement d'un père se fait d'un seul coup, c'est quelque chose de très brutal, en réalité. Ça me fait peur, évidemment, et je n'ai pas d'autre hâte.

Je ne te verrai pas naître, au mieux, je t'apercevrai, à peine un salut, pas le temps de te passer je ne sais quel flambeau. Je ne te verrai pas grandir, je ne saurai pas les nuits à te veiller, pas les pleurs ni les émois. Ni tes premiers mots, ni tes premières révoltes, ni tes petits pas accrochés à la table du salon, ni ton premier appartement.

Comment seras-tu ? Drôle, soucieux, débrouillard, brillant, paresseux, fragile, romantique, mélancolique, brutal ? Ce sera à d'autres que moi de le découvrir.

Et tu n'auras pas de père pour t'aider à devenir, ou peut-être que ta mère rencontrera un homme qui voudra tenir le rôle laissé vacant, qui sait. C'est tout ce que je te souhaite, au fond.

Ta mère m'a bouleversé dès le début, je ne dis pas ça pour faire croire à un amour extraordinaire, rien de plus banal que notre histoire, Julie, quoi que tu veuilles en dire, mais la première fois, oui, bouleversé, c'est le terme, avec ta chemise trop large et un peu bouffante, avec ton jean et surtout par ton air de vouloir te soustraire au regard de mon objectif. On t'a raconté comment j'ai rencontré ta mère ? Peut-être que oui, ou peut-être qu'on ne parle pas de moi, à la maison. Elle exposait pour la première fois dans une galerie de la rue de Turenne, une vraie réussite, ses premiers travaux sérieux, les bronzes, surtout, les plombs, il en reste un dans l'appartement, tu le connais sans doute. Toute frêle ce jour-là, un peu terrorisée d'être le centre de l'attention, de voir tous ces gens venus pour elle, invités par la galerie, invités par elle, venus voir ses œuvres. Tout ce dont elle avait pu rêver.

Et moi, photographe plus ou moins professionnel, récupéré à la dernière minute par la galerie parce que je connais un des gars, et surtout parce que le type booké à l'origine les avait laissés tomber pour suivre je ne sais quel grand prix espagnol. En conséquence de quoi je me retrouve, le 20 mars 2004, à peine sorti de mon service dans un café du 18e, à tenter de capturer l'image fuyante de cette gamine timide et extraordinairement jolie, dont je n'avais évidemment jamais entendu parler. Je fais le tour de la galerie minuscule, sans bien savoir comment m'y prendre, mitraillant à tout va, les œuvres, les visiteurs, l'artiste, les visiteurs parlant avec l'artiste devant les œuvres. Les œuvres : coulées de plomb sur cercles peints, disques de bronze fendus… Les explications distribuées à l'entrée évoquent l'influence de Kiefer dans l'utilisation des métaux sur les toiles. Bon.

Tu as du mal à le croire, Julie, sculpteur et peintre, moi, photographe ? Je comprends, j'ai du mal à croire aussi qu'on ait été ces gens-là, ou bien que ces gens-là soient devenus nous. Je n'ai pas d'explication : c'est comme ça. Si c'était à refaire… Ce n'est pas à refaire ; c'est la vie qu'on a eue, ni reprise, ni échangée. La vie est une garce.

Trop de monde pour approcher ta mère, ce soir-là, trop de bulles, trop de paillettes ; moi, j'étais arrivé en retard, évidemment, à peine le temps de sortir mon matériel et de saluer mon contact à la galerie avant de me mettre au boulot. J'étais dépassé, mais pas autant qu'elle, je crois. Pour elle, c'était de voir son travail exposé comme ça, alors qu'il était entassé dans son petit appartement quelques semaines avant, et là, examiné, discuté, admiré, valorisé.

Il fait le tour de la salle, le petit photographe effrayé, slalome entre les jeans bootcut délavés, les T-shirts Nirvana et les blousons blancs, évite les plateaux de bulles qui arrivent à contresens, essaie de disparaître pour mieux observer. Il prend des photos, un débardeur sur taille basse commente une œuvre, bronze et peinture blanche, pour un garçon déguisé en Beatles, frange grasse sur une veste en velours côtelé. Il enregistre les textures, les couleurs, le scintillement d'un pin's des Stones sur le brun, bleu pâle, blanc des tenues, et le gris épais, presque poisseux du plomb qui dégouline à l'infini, immobilisé à mi-course.

Il y a des gens plus vieux aussi, évidemment, des journalistes, peut-être, je ne sais pas bien, des critiques, il les photographie aussi. Il cherche à l'approcher elle, l'artiste, c'est difficile, elle est toujours entourée, surtout par ces plus vieux. Il a presque vingt-cinq ans, mais pour lui, au-delà de trente, on est vieux, c'est le monde des adultes. J'ai grandi très tardivement.

— Ça veut dire quoi ?

Elle se retourne. Elle ne l'avait pas remarqué, enfin, elle ne l'avait pas vu, lui, seulement l'objectif de l'appareil qui lui faisait un peu peur. Il montre une des toiles, c'est un cercle peint barré d'une coulée de plomb épaisse.

— Le cercle représente la culture, je veux dire, au sens de culture et de nature, vous savez, parce que, justement, le cercle parfait n'existe pas à l'état naturel.

— Et le plomb, la nature, je suppose ?

Il aime bien qu'elle le vouvoie. Ils ont à peu près le même âge, ils se seraient tutoyés d'emblée s'ils s'étaient rencontrés dans un bar ou ailleurs ; ici, non. Il aime bien ça.

— La coulée qui brise le cercle, c'est pour montrer qu'on peut faire tout ce qu'on veut pour s'élever dans la civilisation, l'Homme reste largement gouverné par ses instincts primaires.

— Optimiste.

Elle sourit. Il prend le sourire pour lui ; évidemment que je prends le sourire pour moi, je me dis, qu'est-ce que je vais pouvoir trouver pour continuer à lui parler.

— Et les couleurs ?

Je me rappelle ce tableau, environ un ou deux centimètres d'épaisseur, le cercle peint en dégradé, du gris, surtout, et puis comme des taches pâles.

— C'est simplement esthétique, je ne sais pas. Pour l'équilibre, peut-être. Sinon, ça aurait été un peu triste, tu ne crois pas ?

Elle attend qu'il dise quelque chose, peut-être, rien ne lui vient, quelqu'un s'approche pour lui tendre à elle une carte de visite, elle se tourne, il est aspiré par les grappes de visiteurs. Ils ne se reverront pas de la soirée. Pas avant presque un mois, le temps que je sélectionne les photos, que je les retouche péniblement, deux ou trois allers-retours avec la galerie pour savoir lesquelles mettre sur le site, lesquelles développer…

Après c'est allé assez vite, suite à une réunion dans les locaux, beaucoup plus vides, de la galerie, puis dans le café d'à côté, puis nous nous sommes revus de temps en temps entre mes cours et mes services au bar et les je ne sais quoi de sa vie à elle, puis elle est venue chez moi, rue Lepic, dans mon minuscule studio sous les toits.

Le carré jaune des fenêtres

Bouleversé dès le départ, te dis-je. J'ai tout de suite su que ce ne serait pas une aventure, une amourette, je ne sais pas comment on dit aujourd'hui, un coup d'un soir, si tu préfères, j'ai tout de suite vu quelque chose de plus, alors même que je ne savais rien d'elle, mais j'en savais déjà assez ; la posture, l'attitude, le son de la voix, tout ce que ça nous dit sans qu'on comprenne bien, mais, qu'au fond, on sait déjà.

Et ça a été les plus beaux mois, les plus belles années, peut-être, que ça a duré des années. Quand elle était courtisée par des galeries, des acheteurs, des gestionnaires de patrimoine, des représentants de collectionneurs, de fonds, tout un monde, quand on parlait d'elle dans les magazines spécialisés. Quand elle est devenue une artiste. Et moi aussi, un peu, pas le même succès, moins de bruit, mais enfin, des photos pour des évènements, surtout, pour des pochettes d'album, parfois des magazines. On vivait n'importe comment, entre mon minuscule studio et la colocation de Julie, boulevard Voltaire. Elle était avec une fille, étudiante en économie hétérodoxe, qui détestait Stiglitz, la société de consommation, l'an 2000, Bill Gates et *Les Choristes*, qui venait de faire 8 millions et demi d'entrées.

On l'appelait la cabine, chez moi ; ça nous faisait penser à un bateau, l'intérieur d'un voilier. La cabine sous le ciel. J'avais un minuscule balcon, qui n'en était pas un, plutôt une rambarde en fer forgé et un semblant de rebord recouvert de tôle ; on s'y serrait tous les deux le soir. On regardait les gens tout en bas et dans les lumières des appartements d'en face, tous ces gens pour qui nous sommes des anonymes, on se laissait prendre par le vertige, tant de mondes, tant d'individus, et se dire que leur vie est aussi complexe et riche que la nôtre. J'aime imaginer les drames et l'amour et les soirées insignifiantes. Est-ce qu'on pourrait les comprendre ? Combien d'entre eux pourrait-on aimer ? Penses-y. Il faut un effort pour réaliser ça : on se sent épicentre, c'est naturel, le monde tourne autour de nous et disparaît dans la tombe. Mais pour les autres, c'est pareil, chacun dans sa tour, chacun dans son âge et ses vices et ses souvenirs. Tous pareils dans l'œil du cyclone. D'ordinaire, on laisse les autres dans le flou de la périphérie du monde, le cerveau humain n'est de toute façon pas capable de cet effort d'imagination, pris qu'il est par le tumulte des tâches opérationnelles. On continue à ne voir que des formes dans les carrés jaunes des fenêtres d'en face, sans se dire que de l'autre côté de la rue, je ne suis qu'un carré jaune dans une fenêtre en face.

Je continuais à aller en cours, école de commerce, pas très sérieusement. Ça énervait ta mère, enfin, pas tout à fait, plutôt une sorte de déception.

— Pense à tous ces gens qui veulent être photographes, pense à tous ceux qui ont réussi. Pense. Tu crois qu'ils avaient un boulot à côté ? Tous ceux qui bossent leur art maintenant, là, pendant que tu révises. C'est jusqu'au bout, Antonin, c'est complètement.

Toujours cette énergie chez Julie, de lutter pour son rêve, d'agir pour être, alors que moi, je m'agitais sans savoir vers où, on verrait bien.

Le carré jaune des fenêtres

Alors je fermais mes livres et ils allaient tous les deux, Julie et Antonin, chez les uns, chez les autres, chez des amis, et c'était les verres jusque tard et la musique et les rires. Je prenais des photos. Marilou, la colocataire de Julie, se disputait avec tout le monde, elle voulait partir en Irak pour combattre l'empire américain. On buvait, on fumait, et au fur et à mesure, Marie, de son vrai nom, s'adoucissait et finissait invariablement endormie dans les bras d'un tel ou tel de passage. Je te souhaite des soirées comme celles-ci.

On sentait la vraie vie d'artiste dans nos veines, telle qu'on l'imaginait, en tout cas, la vie de bohème, des années au goût de vin et de jeunesse presque éternelle. Comme Hemingway, Chagall et tous les autres, aussi un peu comme Ginsberg et Kerouac, sauf que ce n'était pas à New York ni à Montparnasse, mais dans le 18e, la rive gauche est morte, adieu le jazz, adieu la nuit.

Ça ne s'est pas brisé, nous n'avons pas tout jeté aux orties ; simplement, les choses sont devenues différentes. C'est comme ça. J'y repense, j'y repense souvent, tu sais, mourir anime le feu des souvenirs, apparemment.

Il dit, la routine, c'est tout ce qui nous tire vers l'immobilité. Il est assis à la table à côté de nous, on se retourne pour le voir, on ne se connaît pas. Il dit ça avant de finir son verre.

On se demande si c'est à nous qu'il s'adresse ou s'il a juste pensé tout haut, il nous regarde l'un après l'autre, Julie peut-être un peu plus longtemps. Il dit, la routine, c'est tout ce qui nous tire vers l'immobilité.

Le carré jaune des fenêtres

Surpris, nous, on attend la suite, on cherche une explication, instabilité mentale, ébriété, une justification, il n'y en a pas, il ajoute : cette garce.

Il fait claquer sur la table le pied du verre en le posant, il nous regarde une seconde de plus, l'un et l'autre, Julie et puis moi, il se lève dans le crissement des chaises et s'en va d'un bloc, il n'avait pas enlevé sa veste.

On se regarde, nous aussi, est-ce qu'on en rit, non, rien de drôle là-dedans. On se dépêche de passer à autre chose. On ne reste pas longtemps, de toute façon, on finit nos cafés et on s'en va.

On y repense en mettant la clé dans la serrure, on se rend compte qu'on a une certaine satisfaction de la main qui sait la résistance du mécanisme. Et puis encore, en accrochant la veste dans la petite armoire de l'entrée.

On s'approche de la fenêtre. On y pense dans la solitude de qui regarde sa vie, on se dit, la routine, c'est quoi, l'immobilité, c'est quoi ? On n'a pas envie d'être immobiles, la vie est une aventure, on se demande, Julie, quelle a été notre dernière aventure ? Nos vacances sur l'île de Ré ? Mouais. La maladie, oui, mais ça ne compte pas.

La faute à la routine, alors ? Oui, la routine ou autre chose, tout ce qu'on a et qui nous empêche de partir, le travail, l'appartement, jusqu'à la collection de vinyles que j'ai fièrement amassée ces quinze dernières années, et jusqu'à toi, Julie, jusqu'à nous.

Bon, et après, quoi ? Tout ce qui compte nous enchaîne ? Oui, on est bien obligés de dire oui, qu'avec ce

Le carré jaune des fenêtres

qu'on aime, on construit des cages. C'est là le tragique de nos vies, plus ça va, plus on s'enfonce, jusqu'au cou ; les habitudes, les engagements de tous côtés, notre petit trou durement creusé, la routine, la routine insurmontable, détestable, oppressante. Cette garce.

C'était la semaine dernière, sortie d'hôpital. Julie était venue me chercher. Je me sentais extrêmement léger, l'impression que nous nous promenions dans la ville, comme s'il n'y avait pas d'hôpital, comme si j'avais pris mon après-midi. Nous voulions nous arrêter dans un café du quartier, le 4.20, où l'on avait nos habitudes.

4.20, parce que l'épave d'un petit bateau dormait dans la cour derrière le bar, dernier souvenir d'une vie antérieure du gérant.

Ça remplit la vie, la maladie, ça prive de tous ces projets futiles et insignifiants, comme aller boire un verre au café en bas, comme offrir sa tête au soleil d'avril et à ses lèvres, du vin. Le moindre geste devient plus dense, on se sent obligé d'y accorder plus d'importance, comme si se jouait là le grand combat contre le cancer.

J'y repense souvent, tu sais, à cet homme de la brasserie qui n'avait pas enlevé sa veste comme s'il nous attendait pour nous dire ça avant de partir.

Ma routine à moi, désormais, c'est l'oncologue que je vois tous les jeudis, le docteur Louis Gentiane, comme la gentiane, c'est le seul que je vois, mais il me parle des autres, le neurochirurgien, un neurologue, une pathologiste, le psy, « toute une équipe avec vous », les maillots blancs de la Pitié-Salpêtrière derrière leur capitaine, l'oncologue radiothérapeute et ses rendez-vous du jeudi.

— Alors, comment vous sentez-vous, Monsieur Delaitre ? Moyen ? C'est que vous êtes toujours vivant, pas vrai ? On continue, Monsieur Delaitre, prêt pour la radiothérapie du jour ? Encore deux semaines comme ça, et puis on attendra un peu de voir ce qui se passe, hein, voir si on a stoppé l'avancée de l'ennemi. Vous n'avez plus mal à la tête ? C'est les rayons, ça, on continue bien à prendre les corticoïdes, on vous a donné quoi, Solupred ? On va rester sur les mêmes dosages. Allez, vous pouvez y aller, vous connaissez le chemin, c'est parti pour votre quart d'heure quotidien, dites-vous que demain, c'est vendredi, et qu'après, c'est le week-end.

Il parle très vite et sans s'arrêter et moi, je ne dis rien. C'est parti pour le quart d'heure quotidien, comme il dit, les rayons dans le cerveau. Ils ont dit glioblastome, famille des gliomes, correspond à l'astrocytome de grade 4, enchanté de mettre un nom sur ce qui me grignote l'intérieur du crâne. Se développe dans plusieurs zones du cerveau à la fois, très rapidement, donc impossible à opérer, bien. On essaie de stopper la progression de l'ennemi. Six semaines de traitement, puis on attend, on regarde, on reprend, quinze minutes par jour sauf le week-end, les malades aussi ont droit au congé dominical. Ça fatigue, ça fait mal à la tête, j'ai eu un œdème cérébral important il y a quelques semaines, on a dû interrompre le traitement, j'ai peur du moment où les cellules cancéreuses vont se mettre à ronger des zones essentielles de mon cerveau, ça peut arriver d'un moment à l'autre, le docteur Gentiane dit que j'ai de la chance, et un jour, je ne pourrai plus t'écrire.

    Je vais tous les jours à l'hôpital ; le reste du temps, j'attends ta mère, qu'elle rentre du travail, j'essaie de me promener, je lis, je t'écris, je dors beaucoup. Je me mets à mon bureau, ou bien dans la cuisine, il y a plus de lumière. Parfois, je fais à dîner, comme ça tout est prêt pour quand elle rentre. Ça lui fait plaisir, on s'assoit ensemble autour de notre vieille table émaillée, je ne sais pas pourquoi on l'a gardée, d'ailleurs, par nostalgie, elle était déjà dans la colocation boulevard Voltaire, on ne s'en est jamais séparés dans les déménagements successifs. Souvent, on ne dit rien, souvent, on écoute la radio, on dîne, on ne parle pas. Parfois, il s'est passé quelque chose d'amusant à la boutique, avec un client, Julie raconte.

    J'y passe, à la boutique, dans la journée, de temps en temps, quand j'ai le courage de sortir. C'est une petite vitrine sur la rue Charlot, je ne sais pas si elle est encore là aujourd'hui, il y a surtout du monde le week-end, c'est un peu loin de notre appartement rue Pache pour moi à pied. J'aime bien y être, c'est un petit coin d'histoire de Paris, les vieilles enseignes sont encore peintes au-dessus des vitrines, même si les boutiques ont changé, bien sûr, la rue même a changé, avant, elle s'appelait rue d'Angoumois. Je m'assois dans un coin, caché derrière le comptoir, je regarde les gens qui vont et viennent, j'ai l'impression de vivre, bien que je n'aie déjà plus la force de vivre, je fais les étiquettes pendant que Julie et Rose conseillent les clients, font sentir les bougies parfumées, remettent sur cintre les vêtements essayés, je ne

Le carré jaune des fenêtres

comprends pas cette mode des bougies parfumées, au moins, ça sent bon dans la boutique.

Rose est une amie de toujours, du temps de la Cabine sous le ciel et de la galerie, je ne sais plus comment on l'a rencontrée. En réalité, elle s'appelle Anne-Charlotte, elle n'aimait pas son prénom, elle voulait s'appeler Rose, je soupçonne que ce soit à cause de Kate Winslet. Julie et Rose, c'est le nom du magasin, Julie et Rose, cabinet de voluptés.

Julie passe de temps en temps me voir derrière le comptoir, elle me demande si tout va bien, oui, elle est désolée de ne pas s'occuper de moi, je sais, je ne demande rien, je souris péniblement pour la rassurer, elle retourne arranger un présentoir.

Je déambule entre les tables et les étagères, il y a toujours de nouvelles choses, des tableaux d'artistes locaux, certains sont des amis, des articles de déco et de design vaguement rangés, des vêtements en collaboration avec des graphistes.

La plupart du temps, je me sens seul depuis que la tumeur m'accompagne. C'est pareil à l'hôpital où on s'occupe de moi, ils savent, mais ne savent pas, ils en ont vu passer, pourtant, et mourir un paquet, ils n'arrivent pas à vraiment comprendre. C'est pareil avec Julie, c'est surtout avec Julie que je me sens seul. Plutôt, c'est avec elle que la blessure est la plus grande, le fossé qui nous sépare semble plus injuste, ce n'est pas facile pour elle non plus, cette distance-là, elle voudrait m'aider plus, comprendre plus, il n'y a rien à faire.

Je n'arrive pas exprimer ce que je vis.

— Parfois, j'ai l'impression de l'entendre. La tumeur.

Elle ne répond pas. Nous sommes dans la cuisine, encore, c'est le soir, des assiettes dans l'évier attendent que quelqu'un les lave. La fenêtre est ouverte par-dessus, on entend la ville, Julie fume, comme il n'y a pas de courant d'air, la fumée monte lentement. Je me laisse hypnotiser par les mouvements de la ligne bleu-gris, j'ai l'impression qu'elle danse.

— Bien sûr, ce n'est pas vrai, et les cellules cancéreuses en se multipliant ne bouffent pas les autres, mais j'ai l'impression parfois de l'entendre ronger. Comme les termites dans les vieilles maisons, la nuit.

Je me tais, je remarque une larme qui dégringole sur la joue de Julie. Je ne m'en suis pas rendu compte tout de suite, absorbé que j'étais par ma propre pensée des termites dans ma tête et par la fumée de cigarette. Je me lève pour faire le tour de la table, je pose une main sur sa nuque, sous la chevelure.

— Excuse-moi.

Elle met sa main sur mon bras par-dessus l'épaule, sans se retourner. Ce n'est pas vraiment qu'elle ne comprend pas, elle imagine, elle peut imaginer, mais elle ne peut pas sympathiser assez pour trouver quoi dire. Je ne te demande pas de parler, Julie, ce n'est pas à toi de me soigner. Simplement, je suis seul là-dedans, c'est comme ça, ce qui me blesse, ce n'est pas d'être seul, c'est de mourir loin de toi.

Elle veut inviter des amis à dîner. Elle est venue dans mon bureau tout à l'heure, que je continue d'appeler comme ça alors que je n'y travaille plus depuis longtemps, elle a frappé avant d'entrer.

— Tu ne voudrais pas inviter des amis ce week-end ? À dîner ?

— Pourquoi ? Oui, d'accord, si tu veux.

Elle a refermé derrière elle. Je crois qu'elle a eu une grimace ou un rictus en fermant la porte, une crispation des lèvres. Déçue de mon manque d'enthousiasme, je comprends, bien sûr.

Ça m'a rendu extrêmement mélancolique. Je repense au temps des fêtes, on débarquait chez Fred sans prévenir, souvent chez Fred, parce qu'il avait un plus grand appartement, payé par ses parents. On venait avec nos bières. Jamais on n'aurait fait ça, ce qui s'est passé là. Peut-être que j'y attache trop d'importance, après tout, ce n'est rien, simple question d'organisation, mais la vie est faite de phrases du quotidien. Alors, bien sûr, on vieillit, on aurait prévu quelques jours avant, à la rigueur, un dîner, six ou huit personnes, on serait allés danser peut-être ensuite, bon. Mais Julie ne m'aurait pas consulté comme ça, comme si elle avait besoin de ma permission, comme si tout était compliqué, incertain, à vérifier. C'est ça aussi, la maladie, elle ne peut plus savoir ce que j'en penserais.

Fred habitait au rez-de-chaussée, on profitait du jardinet de la cour intérieure, un carré de pelouse, un arbre frêle et une terrasse en dalles de bois posées sur les graviers. Il y avait mis une petite table ronde, on s'assoyait autour sur des chaises différentes, en plastique, celles de l'intérieur qu'il ne fallait pas laisser dehors pendant la nuit, des tabourets. On mettait un lecteur CD sur l'appui de la fenêtre et on parlait comme ça jusqu'à ce qu'on s'endorme presque. Je me rappelle surtout une fois, je ne sais pas pourquoi c'est ce moment-là qui ressort – combien de soirées comme ça avons-nous vécues ? – il était vraiment tard, sans faire froid, on devait être en juin. Il ne restait plus personne autour de la table à part Marilou qui dormait, les autres étaient soit à l'intérieur, soit rentrés chez eux, il n'y avait que Julie et moi, être seuls au milieu de tous ces amis nous rapprochait. On entendait la ville par-dessus, mais très étouffée, à distance.

— Tu as de la chance avec la peinture ou la sculpture. Je veux dire, tu n'es pas limitée par le réel comme avec la photo. Moi, je dois partir de ce qui est devant l'objectif, forcément, même si je peux lui faire dire autre chose, ce n'est pas pareil. Tu as plus de liberté. C'est un autre langage. Non ?

— Oui. Il y a d'autres contraintes, aussi.

— Tu peux rêver un homme. Le rêver minutieusement et l'imposer à la réalité.

— Peut-être.

Le carré jaune des fenêtres

— C'est une phrase de Jose Luis Borges.
— Ah.
Un temps.
— On rentre ?
— Oui.

Il a fallu le préparer, ce dîner, ranger l'appartement. C'est une vraie épreuve pour moi de ranger, c'est interrompre la sédimentation des objets qui traînent. On les néglige d'abord, puis ils restent là comme s'ils avaient gagné leur place que notre cerveau n'est plus capable de remettre en cause. Jusqu'à ce qu'on se prépare à recevoir, alors on a un regard neuf, on juge, d'un seul coup on voudrait tout changer, l'agencement des meubles, les bibelots qui n'ont plus lieu d'être, heureusement, Julie a à cœur de renouveler la décoration régulièrement. C'est son métier de dénicher les trouvailles et les nouveautés. Je dis heureusement, mais moi, je m'en fous, j'ai toujours eu du mal à me séparer des objets. C'est idiot cet attachement aux choses, tu ne trouves pas, c'est favoriser l'immobilité de la routine, comme aurait dit le type de la brasserie l'autre jour. Julie, non, elle n'a pas cette routine-là, elle dit « je ne suis pas matérialiste », avec une certaine fierté, je crois ; résultat, on ne conserve pas, et encore, il faut que je me batte, pour de rares monuments au souvenir, rescapés de ce réaménagement permanent. Seule la table de la cuisine survit inexplicablement à toutes les tempêtes, une des premières toiles de ta mère, les plombs, celle qui est dans le salon, je t'en ai déjà parlé, et quelques-unes de mes anciennes photos.

Julie n'est pas sujette à cette emprise de la routine. Il y en a d'autres.

Et puis j'ai dû me demander comment m'habiller. On ne reçoit que quelques amis, intimes, chéris depuis des années, plus rien à prouver, tout fait ensemble, et malgré ça je me retrouve devant l'armoire, dans la chambre, à me demander ce que je vais me mettre. Terrible empire de l'apparence, jusqu'au bout, on veut plaire, il faut contrôler l'image qu'on se donne, toujours. Un dernier regard dans la glace, je me trouve pas trop mal, pas trop émacié, le teint moins blanc que d'habitude, on pourrait penser que je ne vais pas mourir tout de suite.

Les invités sont arrivés, fleurs ou vin sous le bras, nous avons vieilli, par paire, on a pris les manteaux, ouvert une bouteille, mis celles des convives au frais, on s'est tassés dans le salon qui a paru minuscule. Rose d'abord, avec sa nouvelle copine, Amélie, croisée une fois à la boutique, puis Matthieu, seul, avec du champagne. Fred avec sa femme. Nouvelle femme.

— Pourquoi du champagne ?

— J'ai une annonce à faire, j'attends que tout le monde soit là, sinon vous allez entendre l'histoire plusieurs fois.

Soit. Une demi-heure plus tard, les cinq convives, deux couples plus Matthieu, sont rassemblés au salon. Julie anime, je suis un peu en retrait, comme d'habitude. Elle a toujours parlé pour deux, les gens sont habitués à entendre de sa bouche l'avis général du couple. Je ne parle presque qu'en tête-à-tête, je la laisse gérer ça, répartition conjugale des tâches.

Je quitte régulièrement mon poste sur l'accoudoir du canapé pour vérifier le four, j'entends des moitiés d'histoire et des rires depuis la cuisine. Je suis fatigué, d'un coup, je voudrais m'allonger. Je reste quelques secondes de plus dans la semi-obscurité, devant la lumière orange et ronronnante du four. Je pose la main bien à plat sur la vitre chaude. Encore un peu de courage.

— Alors, on a envie d'entendre ton histoire !

Il est temps d'ouvrir le champagne. Matthieu annonce : il déménage à Rennes à la rentrée prochaine, il a accepté un poste à l'université. On trinque, bravo, il pourra travailler sur son prochain livre, là-bas. Il est historien. Je n'arrive pas à être complètement heureux pour lui, c'est terrible cet égoïsme, je me dis, il va partir dans quelques semaines et alors je ne le reverrai plus. Les autres l'ont senti, ou ont pensé la même chose, on avait soigneusement évité le sujet jusqu'alors, lui me regarde d'un air désolé, semblant de rien, mais embarrassé tout de même. C'est naturel, il faut vivre vos vies, vous qui avez un futur, ne vous retenez pas pour moi. Je souris le plus largement possible en lui donnant l'accolade. On passe à table, on change de sujet.

Je ne comprends pas bien ce qui se dit, je me rends compte que je n'ai pas suivi la conversation. Depuis combien de temps ? J'étais perdu quai Zola, au bord de la Vilaine, là où les gens ont des projets et des rêves et une vie devant soi.

Fred l'a vu, Fred voit tout, surtout en moi, il s'arrange pour qu'on se retrouve dans la cuisine plus tard, après la tarte, on fait plus ou moins la vaisselle. Il m'offre une cigarette.

— Coup dur, Matthieu ?
— Coup dur.
— Tu as saisi que ce n'est pas qu'il s'en fout ?
— Bien sûr.
— Il doit vivre. Surtout lui.
— Surtout.

Fred, un art de la parole que je n'ai jamais eu. Voix grave pour laquelle tu donnerais instantanément ton âme, âme dont il n'a souvent eu que faire, il préfère les corps.

— Tu l'as vu, un peu, ces derniers temps ?
— Non. Une fois, il y a trois mois, peut-être, j'ai du mal à me rappeler des dates en ce moment.
— Moi, oui. Il a eu une histoire, il n'y a pas longtemps. Une fille de la fac, prof en je ne sais quoi. Il a plongé de toutes ses forces, comme il sait faire.
— Comme il ne sait pas faire autrement.
— Voilà. Elle est partie, évidemment. Il lui a fait peur, comme il sait le faire.

Je hoche la tête. Grand talent de Matthieu entre tous. Il sait se télescoper dans la tête des premiers moines mendiants d'il y a dix siècles (ou à peu près, je n'ai jamais retenu ce qu'il me racontait), tout en restant totalement hermétique aux pensées des femmes de sa vie.

— Il a raison de partir. Je ne lui en veux pas.
— Je sais.
Bon.
— Mais coup dur.

Le carré jaune des fenêtres

Il sourit.
— Mais coup dur.

Tout le monde est parti. Je me couche aussitôt, je laisse Julie ranger seule. On n'a pas parlé de la tumeur. Il n'y a que Fred pour oser, sans commisération, d'homme à homme. Que dire, de toute façon ? Ils savaient tous, même la nouvelle amie de Rose, très amusante d'ailleurs, une légèreté, pour éviter une gaffe, on l'avait prévenue à l'avance. Elle cachait mal la gêne quand je croisais son regard qui revenait sur moi. Il revenait souvent, on a envie de voir à quoi ça ressemble, quelqu'un qui meurt.
Je ne reproche rien, ni à eux, ni à d'autres, ni à ta mère, je ne sais que dire moi-même. On ne peut pas exprimer ça, je ne crois pas, la peur, le désespoir, l'attente d'être fixé, aussi. On sait qu'on va mourir, mais on ne le voit pas, il n'y a pas de blessure dans la glace, alors l'espoir, tout de même, contre tout, il paraît qu'on perçoit toujours plus grandes les chances infimes, l'espoir inutile. Comment dire tout ça ? Au fond, il n'y a qu'avec toi que je peux en parler. Alors Julie range seule et je me couche tôt.

Il y a eu notre heure de gloire. Ça devait faire un an, deux ans qu'on était ensemble avec ta mère, habitués déjà, le couple de la bande, on disait Julie et Antonin comme un seul bloc, on disait chez vous.

Quatre œuvres de Julie avaient été achetées par une galerie assez importante quelques semaines plus tôt et étaient retenues pour la foire d'art contemporain de Paris, quelque chose d'extraordinaire pour nous. Il a fallu préparer l'évènement, il y a eu quelques interviews dans les magazines qui couvraient la foire.

Et puis, le grand jour. Je me souviens de tous ces gens rassemblés sous le verre du Grand Palais, la lumière et le vert de la voûte et les dizaines de cases en bois pour marquer les territoires des galeries. Ça déambulait, des passants, des amateurs et puis des professionnels, des collectionneurs, parmi les stands, des artistes venus savourer leur gloire passagère. Les toiles de Julie accrochées à côté de Nikki de Saint Phalle, de De Kooning, d'inconnus, de célébrités, de ceux qui font l'art de demain, comme on dit.

En trois jours que durait la foire, toutes les œuvres de ta mère sont parties. C'était la confirmation des excitations du début, des espoirs, des premiers remous autour d'elle. Julie commençait à trouver une place sur la scène artistique. Elle est venue me voir dans un coin du stand vers le milieu de l'après-midi, elle venait de discuter longuement avec quelqu'un, je ne sais pas qui c'était, mais il se donnait un air important qui faisait son effet. Elle rayonnait, c'est le mot, elle tremblait presque de joie.

— Je suis une artiste.

Elle a murmuré, la voix pleine du bonheur de voir son rêve réalisé. Je l'ai embrassée.

— Une grande artiste, même.

Elle a ri. Une femme est entrée dans le stand, Julie est allée l'accueillir.

Je me souviens que je l'ai observée tout un moment pendant qu'elle expliquait ses œuvres, à cette époque, elle ressemblait encore un peu à Natalie Portman dans Léon, quelque chose de cette fraîcheur.

Le dernier soir, nous sommes allés vers Belleville, Fred, Marilou et d'autres, une bande, dans des cafés, en haut du parc de Belleville, au bout de la rue Piat. On parlait fort dans le bar à cause de la joie, on commandait des verres pour tout le monde, des bouteilles, on était heureux, nous étions vraiment heureux, je crois, pas de petites pensées d'angoisse ou d'inquiétude, rien pour ternir le sentiment du bonheur, à peine une pointe de mélancolie par-dessus, c'est naturel, on se disait qu'il faudrait garder ce moment avec nous, après. La fraîcheur du soir nous faisait un peu frissonner, dehors avec le parc en bas et Paris au-dessus, c'est ça d'euphorie en plus, et je regardais ta mère et j'étais fier d'être avec elle.

Le carré jaune des fenêtres

Ça a continué plusieurs mois, cet état de grâce, et pour Julie, la certitude d'aller dans la bonne direction, de devenir ce qu'elle voulait être. Elle n'a jamais autant créé qu'à cette époque. Je vivais un peu pour elle, ou à côté d'elle. J'avais toujours mes cours, je m'y intéressais peu, il n'y avait que la photo pour moi, à l'époque. C'est curieux, mais je n'avais pas vraiment d'ambition, bien sûr, je cherchais des évènements à couvrir, j'essayais de vendre mes photos, c'était un jeu, surtout. L'ambition, je l'avais pour Julie, pour son art à elle. Ça ne m'a jamais gêné, ça. Elle, oui.

— Tu as fait des photos, aujourd'hui ?

Elle me disait souvent des choses comme ça, souvent quand je révisais. Il m'arrivait de mentir.

— Le labo de l'école était fermé, j'avais prévu de développer des argentiques. La fille n'a pas su me dire si ce serait ouvert demain.

Ne va pas t'imaginer, ta mère a toujours été un peu coupante, dure même peut-être, très exigeante envers les autres, parce que très exigeante envers elle-même. Ça n'empêche pas la douceur, simplement, elle avait cette incapacité à se contenter du présent.

Chez Fred, comme souvent. C'est l'hiver, décembre, nous sommes autour d'une table à l'intérieur, en cercle autour des bouteilles de bière et dans la fumée des cigarettes. Marilou, Julie, évidemment, quelques autres, Rose. Une des premières fois qu'on la voyait, celle qui deviendrait la meilleure amie et associée de Julie. C'est Fred qui l'avait trouvée je ne sais où, elle débarquait à Paris, il l'a plus ou moins prise sous son aile. Pour l'instant, elle observe par-dessus son verre de vin la cascade de cheveux de Marilou. Or, il est bientôt deux heures du matin, Marie va entamer, lentement, mais immanquablement, sa migration vers l'épaule de son voisin, nécessaire à sa tendre léthargie. Le drame se joue sous mes yeux amusés. On est en 2005, je m'en souviens parce que je venais de finir un travail que je pensais être un des premiers de ma vocation de photographe, une série fondatrice qui poserait les bases de mon art. Quelque chose comme ça.

— Raconte.

— Bon, vous avez tous suivi les émeutes de novembre. Enfin, les émeutes...

— Les types du transformateur ?

Le carré jaune des fenêtres

Marie s'est réveillée, remettant à plus tard son endormissement pour la grande déception de son voisin de gauche, dont je ne revois pas le visage.

— Oui. Les deux jeunes à Clichy-sous-Bois, morts dans un transformateur électrique. On ne savait pas ce que ça allait donner, au début, voitures et écoles en feu, état d'urgence sur tout le territoire, tout ce qui est venu par la suite.

— C'était à cause de la mosquée, non ?

— C'est venu après, début novembre, ça a bien relancé les émeutes qui commençaient déjà à s'essouffler. Gaz lacrymogène, on a vu les images, fidèles suffoquant, ça a de quoi choquer. Bref. J'y suis allé, juste après, quelques jours après, à Clichy.

Une heure et demie de trajet, presque tous les jours pendant deux semaines, aller et retour. J'avais peur, au départ, j'avais lu les journaux, *Paris is burning*, et c'était la première fois que j'allais là-bas.

— J'y ai passé une quinzaine de jours pour prendre des photos. Je descends du bus, première chose que je vois, deux CRS à la station. Pas stressés, les mains accrochées à la ceinture, mais l'arme bien en évidence. Bon. Je marche un peu, je fais des essais lumière. Il n'y a personne dans la rue.

Je sors une photo, j'en ai fait développer une cinquantaine à partir du numérique pour mieux faire le tri.

— Ça sentait encore le brûlé.

Voiture calcinée. Je fais passer la pile de clichés.

— Des gens qui marchent dans la rue en discutant. Pas plus pressés que d'habitude.

Sur celle-là, c'est la nuit. Je me suis rendu compte que le bordel commençait au crépuscule, après les cours, en fait. Quelques heures, puis on va se coucher quand on en a marre. On a été roulés par les journaux, les amis.

Vitrines explosées, devantures grillagées, et du gris partout, sol, immeubles, ciel.

— Vous remarquez un truc ? Ils dégomment les bus, les vitres, les écoles, parfois, toujours juste en bas de chez eux. Ce sont les mêmes qui ne pourront pas aller au lycée le lendemain parce qu'il n'y a plus de transports et parce que la voiture de papa s'est fait exploser.

D'autres photos, la nuit. Des grappes encapuchonnées, de la fumée derrière, des foulards sur le nez et les yeux pour les lacrymos. Des myriades de CRS. Violence, violence, avant d'aller au lit. Ça a duré un mois, trois semaines, en fait, rien du tout si ce n'est le cri d'une génération qui veut sa place, parce qu'eux aussi sont nés là, ont grandi là, qu'on leur a dit Rousseau et Voltaire et les mairies encore blanches des lumières de la grande Révolution, puis qu'on leur a dit mettez-vous là dans le béton et laissez des gars qui ne vous reconnaissent pas vous représenter.

Marilou était complètement remontée, heureuse de voir admise par tous la manipulation des médias.

— C'est mécanique, c'est leur job, les journaux, ils veulent vendre. Rien de choquant.

C'est Fred, moins fin à l'époque, plus arrogant, il a appris depuis à ne pas se lancer là-dedans, gaspillage d'énergie, sauf quand il s'agit d'une femme. Mais alors, c'est autre chose, on n'est plus dans le gaspillage.

— Tu en penses quoi, toi, Antonin ?

— Rien.

Le carré jaune des fenêtres

— Tu y as passé trois semaines. Tu en penses quoi ?

Je n'en pense pas, j'ai vu, j'ai pris des photos. Je suis du clan des silencieux.

— Tu t'en fous ?

— Je ne sais pas. J'ai pris des photos.

Marilou s'énerve. Elle s'énerve toujours, elle ne conçoit pas qu'on puisse ne pas s'indigner. J'admire ça, cette présence au monde. Je crois que le monde se fout de ma présence, tout simplement.

— Rien n'est grave ?

Elle vire au rouge. Elle ne s'endormira pas contre l'épaule, je suis désolé pour elle.

— Les carrés jaunes des fenêtres.

— Comment ça ?

— Laisse. Je te ressers en vin ?

— Bravo, mon chéri.

Retour à la Cabine sous les toits de la rue Lepic, nous sommes étendus sur le lit, la fenêtre est un peu ouverte et laisse entrer le froid, mais besoin d'aérer, nous avons beaucoup bu ce soir.

— Tu ne m'avais pas vraiment parlé de tes photos pendant, j'ai un peu découvert avec les autres. C'est très réussi. Je suis fière de toi.

Elle m'embrasse. Je suis heureux, je me sens un petit peu artiste, moi aussi, un petit peu de ce rêve auquel je n'ai jamais vraiment cru, de faire des photos, comme ça, toute la vie.

— Il faudrait que j'arrive à en vendre quelques-unes, ou que j'expose.

On s'endort un peu, ce n'est pas un dialogue ni une discussion, juste des bouts de phrase seuls sous les toits.

Le carré jaune des fenêtres

— Tu y arriveras.

J'y crois.

— Tu exposeras au centre de photographie de New York. Les gens viendront voir ton travail.

J'y crois encore. Moins.

Je m'endors, je sais qu'elle en rêve aussi, des galeries de la 23ᵉ rue et des musées, du MoMa peut-être, qui sait, un jour.

C'était un vendredi, je le sais parce que les valises étaient déjà prêtes dans l'entrée. On devait aller chez les parents de Julie, anniversaire de ta tante, là-bas sur l'océan. J'entre dans la chambre avec trousse de toilette et serviette de bain, le téléphone grésille contre ma cuisse, c'est Julie.

— Au 4.20 dans un quart d'heure ?
— J'accours.

J'ai fini de boucler mon sac avant de dévaler les escaliers. Je pouvais faire ça, à l'époque, il y a six mois, avant les termites dans le cerveau. J'ai rejoint notre brasserie habituelle, ça faisait longtemps qu'on ne s'était pas donné ce genre de rendez-vous spontanés. L'âge, entre autres, j'imagine.

Ta mère n'est pas dans le café, ni devant ni dedans. Je salue le patron, ancien facteur breton géant, et pousse la porte de la cour à l'arrière. Julie est assise sur le 4.20 éponyme, coque peinte en jaune pâle et qui n'est en fait qu'un souvenir, le navire échoué à Paris n'a pas été gréé depuis des années. Une table a été fixée à son corps vieilli. Julie a commandé des bulles, qui attendent dans un seau de glaçons.

— Je suis enceinte.

Le carré jaune des fenêtres

Pas de bonjour ni rien, directement le coup porté, magnifique comme une explosion. J'ai dû m'asseoir. Je ne sais pas décrire ce que j'ai ressenti sur le moment, de l'ordre de l'explosion, oui. Joie, peur, vertige, en même temps, enfin, je ne sais pas le décrire. Et pourtant, je n'avais pas réalisé, bien entendu, il faut du temps, et encore une part de mystère reste toujours là-dedans, derrière le noir et blanc des échographies, il reste ce quelque chose qu'on n'explique pas. Tu verras quand ce sera ton tour. J'ai eu très envie de te connaître. Ça a tout balayé des poussières et des accrocs et de tout ce qui pouvait creuser un écart entre Julie et moi.

D'abord, j'ai voulu que le monde entier soit au courant et se prépare avec nous pour t'accueillir. Alors j'ai appelé Georges, le gérant du bar, immense sous sa barbe grise emmêlée, qui tenait dans sa grosse main la minuscule coupe.

— Félicitations, les amoureux. Félicitations !

Il nous a toujours appelés « les amoureux ». Nous avons ri tous ensemble, il a frappé dans notre dos, fort, et il est retourné en riant à l'intérieur. Il est revenu avec une deuxième bouteille.

— C'est pas tous les jours, quand même, hein !

Les yeux brillaient. Lui avait perdu sa femme, je crois, il y a longtemps, là-bas dans la brume, un accident. Jamais remarié, jamais d'enfant, sans doute quelques femmes d'infortune pour éponger son chagrin. Il nous a un peu adoptés quand nous sommes arrivés dans le quartier. Levons nos verres.

Le carré jaune des fenêtres

Puis nous n'avons plus eu envie de le dire à personne. Nous sommes rentrés chez nous, j'ai enlevé les valises et les derniers vêtements qui traînaient sur le lit.

— Tu as déjà fait les valises ?

— Uniquement la mienne, pour l'instant. J'avais du repassage, enfin bref, on s'en fout.

Nous avons fait l'amour.

Le lendemain, nous sommes partis tôt chez les parents, il a fallu ne rien dire, on s'est demandé combien de temps on allait tenir. Un mois plus tard, tu avais six semaines dans le ventre, nous avons su que j'allais mourir.

J'ai fini par avoir mon diplôme. Commerce, donc. C'était l'heure du choix. On m'a proposé un job, une PME qui revendait des abonnements presse. Service commercial. Pour un journal, il y a deux grands axes commerciaux relatifs à la diffusion, même si l'argent vient avant tout des annonceurs. Le premier, c'est la problématique de la conversion, convaincre de nouveaux lecteurs de s'abonner. À côté de ça, le plus difficile, sans doute, et le plus important, c'est la rétention, éviter le *churn*, les désabonnements massifs, surtout en fin de période de promotion. Du coup, une partie des abonnements passe par d'autres sociétés, qui travaillent surtout sur la rétention. C'était cette équipe qu'on voulait que je rejoigne. Première grande dispute avec ta mère, dont l'onde de choc faisait tanguer le bastingage de notre cabine.

— C'est abandonner.

— Mais non, c'est juste un job. C'est dans la presse, en plus, je vais rencontrer du monde, des représentants de journaux. Je pourrai continuer à bosser en freelance.

— C'est de la lâcheté.

La dispute a duré plusieurs jours, de ces colères qu'on met de côté un instant pour laisser place aux activités ordinaires de la vie et qui peut resurgir de n'importe quelle phrase ou pensée muette. Je crois que je lui inspirais du dégoût, à ce moment-là, et Antonin que j'étais voyait en elle la toute-puissante impératrice qui entendait régenter sa vie à sa place.

C'était vraiment quelque chose, je me souviens que j'avais peur, parce que la colère était hors de contrôle des deux côtés, colère ou déception ou je ne sais pas, rien à voir avec nos chamailleries ordinaires, ces frictions domestiques qu'on goûtait en fait avec plaisir, à la Cabine et puis après quand nous avons habité ensemble, il faut s'adapter au rythme d'un autre, à toutes les petites habitudes, les manies, les détails qui sont soudain érigés en règles sacrées parce qu'elles viennent de l'enfance, il faut accepter de s'en séparer, on a l'impression de trahir quelque chose. Et puis on y tient, en réalité, à ces remous infimes, on les met en scène, un peu, on se regarde par-dessus avec un sourire, parce qu'on y voit quelque chose, on en parlera tout à l'heure, d'ailleurs, on se dira qu'on est vraiment un petit couple à se battre pour la vaisselle et des vêtements qui traînent, dans notre idée, c'est ça, un couple.

Enfin, cette fois, c'était autre chose.

La vérité, c'est que je n'y croyais plus. Ça faisait six mois depuis les émeutes de novembre, le sujet était retombé, ça n'intéressait plus personne. Trop tard pour vendre mes photos à un journal. Restait la possibilité d'une galerie, d'une exposition, mais le temps de mettre sur pied quelque chose, ils devaient se dire que tout le monde aurait oublié Clichy-Montfermeil.

Mes photos n'étaient pas particulièrement réussies, aussi.

Le carré jaune des fenêtres

— Je n'arriverai pas à vendre la série. Ce n'est pas grave. Ça ne veut pas dire que c'est pour toujours. Il faut juste autre chose, un plan B, tu sais.

— C'est ce que disent ceux qui abandonnent pour toujours.

Je suis sorti. Je comprenais la déception, un peu, je comprenais qu'elle veuille m'encourager à me battre, d'accord, je ne comprenais pas la colère si brûlante, la haine, presque. Je suis allé chez Fred, j'ai écouté ses histoires, il y avait Marilou, je n'ai pas compris, sur le moment.

J'ai pris le job. Ça a été une grande déflagration entre Julie et moi et la peur de ne plus jamais voir à travers le mur qu'il y avait entre nous ce soir-là, évidemment, ce n'était pas si terrible, ce n'était pas la fin, on ne se quitte pas pour ça, mais tout de même, quelque chose de grave, d'important, une dispute d'adultes. On a peur qu'elle laisse des traces. Et je crois qu'elle a laissé des traces.

Tout le monde avait plus ou moins fini ses études, à ce moment-là. C'est un peu excitant, un peu effrayant, on change de vie. Ça y était, le grand bain. J'ai commencé quelques semaines plus tard. C'était pareil pour les autres, Julie un peu différemment, Fred n'avait de toute façon pas fait d'études, il gérait un capital immobilier déjà impressionnant, moitié donné par ses parents, moitié agrandi par lui. Marilou vivait chez lui depuis peu, ils ont passé quelques mois ensemble, plus ou moins ensemble, elle était amoureuse, je crois, lui non, lui n'avait pas cette faiblesse alors, il l'a apprise plus tard. Elle a eu son master et a voulu continuer dans la recherche ou s'engager dans une cause, une ONG, ou monter son propre journal. Elle avait toutes les envies et en changeait de semaine en semaine, j'avais renoncé à suivre, Fred s'en amusait en attendant que ça passe.

Ce n'est pas passé et elle a rejoint un campus de sciences politiques à Bruxelles, l'année suivante. Elle avait décroché une bourse pour écrire sa thèse, je ne me souviens plus du sujet.

Elle a quitté pour de bon l'appartement boulevard Voltaire et nous ne l'avons plus vraiment revue. Elle a continué quelque temps avec Fred, c'est lui qui lui a redonné sa liberté, comme il disait. C'est la vie, les trajectoires personnelles, on l'a revue de loin en loin, puis plus du tout, puis elle est revenue à Paris des années plus tard, on a pris un café, au 4.20, déjà, quelques verres une fois tous les trois mois. On a eu des vies différentes. Elle est mariée, aujourd'hui, elle vit à Grenoble, je crois. Peu importe.

Ça voulait dire changer de vie pour nous aussi. Julie ne pouvait pas garder seule l'appartement, la suite logique des choses était d'emménager ensemble. J'ai toujours la nostalgie de la Cabine sous le ciel, l'appartement des débuts, c'est important, les lieux où l'on vit, tu verras, il y a des choses qu'on ne peut pas emporter avec soi dans les cartons, j'y ai passé six ans, rue Lepic, le minuscule appartement sous les toits. J'y ai laissé une empreinte moi aussi, peut-être, sous cette tache indélébile sur le sol, dans les traces de punaises sur les murs, ces détails et peut-être d'autres choses. Je suis passé devant il y a quelques années, j'ai failli sonner, voir ce qu'ils en ont fait, est-ce que la cabine a fait naufrage, a-t-elle rejoint le port, et puis non, j'ai descendu la rue Lepic sans m'arrêter.

Premier appartement avec ta mère ! Ce n'était pas encore la rue Pache, qui est venue après, avec la boutique. Un grand moment que le jour où Julie et moi nous sommes installés ensemble pour la première fois. On pensait au mariage, je me souviens, et puis finalement non, au début, on disait plus tard, puis à quoi bon, puis on ne disait plus rien, ce n'était plus d'actualité. On avait une maison à nous, comme je l'imaginais, il y avait une coupelle sur la table basse où Julie faisait brûler du papier d'Arménie et un vieux cinéma dans la rue qui passait des films en noir et blanc et où les billets ne coûtaient presque rien, alors on y allait souvent. Aussi, l'appartement était rempli des œuvres de ta mère et de photos, de moins en moins de photos, je n'avais plus vraiment le temps.

De temps en temps, Julie me demandait où j'en étais. Je n'ai jamais compris cette phrase, « où en es-tu ». Comme s'il y avait un chemin tracé d'avance et sur lequel je me positionnais ici ou là.
— Où en es-tu ?
— De ?
— Avec la photographie.
— Je n'ai pas eu le temps, ces derniers temps. Plus tard, peut-être.
— Ah, bon.
— Ce n'est pas grave, tu sais ? Je ne suis pas obligé d'être photographe. Ça ne m'attriste pas.

C'était la grande différence entre nous, toujours. Ça ne m'attristait pas. Un temps, j'ai cru qu'elle était déçue de moi, en quelque sorte qu'elle avait été trompée sur la marchandise ou sur l'image qu'elle s'était faite de moi au début, à laquelle j'avais cessé de correspondre. Je ne crois pas que ce soit ça, simplement, elle avait ce désir pour deux que nous soyons artistes, elle n'avait pas renoncé à son rêve pour moi.

La voilà, ta mère, justement, qui entre dans mon bureau, plutôt la petite pièce qui sera ta chambre un jour.
— Tu fais quoi ?
— J'écris.
— Quoi ?
— Peut-être un roman.
— Tu veux devenir écrivain ?
— Non. Pourquoi ?

Quelle idée, non. Je repense à cette phrase, à la brutalité de cette phrase, à la dimension profondément utilitariste qu'elle comporte : j'écris, donc je veux devenir écrivain, pourquoi ? Pourquoi, Julie, me priver de la liberté d'écrire pour écrire, pour le geste, j'écris une lettre à mon fils, ça je ne lui dis pas, je ne suis pas prêt, mais cette pensée, tu écris donc tu veux devenir écrivain, comment en est-elle arrivée à penser comme ça, comment peut-on diriger tous ses actes vers une ambition aussi grande, que devenir ? Comment peut-on être enfermé à ce point dans l'idée de son propre destin ? Elle a toujours été comme ça, je crois.

C'est venu avec mon abandon, ce qu'elle appelle mon abandon, ma lâcheté, si tu préfères, disons les choses, la faute immense d'avoir accepté un job normal, un travail de bureau, dans un placard, elle disait, d'avoir accepté de glisser dans le fonctionnement du monde. C'est la vérité, une partie de la vérité, je crois aussi que je n'aurais pas réussi à percer comme photographe, tout simplement, je n'étais pas mauvais, mais tu me comprends, enfin, j'ai choisi une autre voie. Et ça m'a plu, d'ailleurs, je ne regrette pas ces années de travail, auxquelles je n'ai plus droit, soit dit en passant.

Julie dit des choses comme, tu écris, tu veux devenir écrivain. C'est effrayant, non ? Elle a vu que la phrase m'avait choqué, elle est repartie dans un sourire, lassée d'avance, pour éviter une nouvelle dispute, je suis assez irritable, ces temps-ci, irascible, paraît-il, mourir me met de mauvaise humeur. Elle a cru que mon énervement venait d'autre chose – le fait que, de toute façon, écrire ou ne pas écrire, je ne peux plus ni devenir ni vouloir devenir, mais non, ce n'est pas ça, au contraire, merci d'avoir oublié de me traiter comme un grand malade, merci de m'avoir parlé comme à un être vivant. Non, c'est l'absurdité de la phrase.

Peut-être a-t-elle été toujours comme ça, au fond, il n'a fallu que mon travail, ma nouvelle routine de salarié pour faire surgir cette idée, cet impératif du devenir. Il y a autre chose, je crois, ce n'était pas seulement ça, pas ça, surtout. C'est lorsqu'elle a dû renoncer à son rêve à elle, moi, je l'ai laissé partir, simplement me dire, quand j'étais jeune, je voulais devenir photographe. Julie y a renoncé, tu saisis la différence ? Avec une pointe de douleur comme une tache qui reste, une frustration qu'elle a gardée ensuite. Elle y a cru longtemps, elle continuait à créer de nouvelles choses, surtout les mois qui ont suivi le Grand Palais, c'est naturel, elle attendait l'appel d'une galerie ou d'un journal ou d'un collectionneur, le succès d'une façon ou d'une autre. Elle travaillait dans un atelier, un temps, plusieurs artistes comme elle, un plus réputé, plus vieux que les autres en tête, en réalité, un type qui capitalisait sur son nom pour faire payer un loyer à de jeunes créateurs. Elle y passait ses journées pendant que j'étais au travail, c'est drôle, parce qu'elle ne vivait pas cela comme une routine, c'était protégé par l'aura de la création. On se retrouvait le soir, dans notre nouvel appartement, tout heureux de construire notre nouvelle cabane, avec des objets venus du boulevard Voltaire et de chez moi et de nouvelles recrues aussi, Julie fabriquait des décorations. Nous voulions construire notre palais dans notre 33 mètres carrés, avec des choses nouvelles pour qu'elles soient vraiment à nous, pour se fondre ensemble par des propriétés communes, la fusion des comptes en banque devant sublimer celle des corps.

On y a vécu comme on rêvait avant, ce qu'on disait lorsqu'on parlait de nous au futur. On se promenait nus dans la maison quand il faisait trop chaud, il y avait des livres partout, posés, on les prenait pour les laisser quelques pas plus loin, tu rapportais tes travaux de l'atelier, pour les finir ou parce que tu voulais mon avis, des amis passaient souvent, il y avait du vin et du rhum dans un petit meuble du salon.

Le carré jaune des fenêtres

Un jour, tu rentres plus tôt que d'habitude, je te trouve assise en tailleur sur le sol, le dos appuyé sur la banquette du canapé.

— Je vais arrêter.
— De ?
— Tout.
— Je vois.

Il y a un papier par terre, un pli postal, je le ramasse, c'est une lettre d'une galerie, je m'assois à côté d'elle par terre, c'est un refus, elle avait contacté la galerie pour proposer ses œuvres, malheureusement, nous ne pouvons donner suite, cordialement. Je ne t'ai pas crue, la grandiloquence de la déclaration annulant sa crédibilité, toi non plus, sans doute, d'ailleurs, le lendemain, tu étais de nouveau à l'atelier. Tu as beaucoup pleuré ce soir-là, et d'autres soirs ensuite.

L'idée de la boutique est venue plus tard et t'a permis de sauter le pas. La première fois qu'elle est apparue, nous étions au 4.20, je crois, on avait dû échouer là par hasard, nous n'habitions pas encore rue Pache, tu as commencé à en parler avec Rose, qui avait imperceptiblement comblé le vide laissé par Marilou à son départ à Bruxelles, l'idée venait d'elle et elle t'a emportée dans son enthousiasme légendaire. Julie et Rose, cabinet de curiosités, devenu ensuite cabinet de voluptés. Il a fallu visiter des locaux, c'était cher, tant pis. Ça te permettait d'avoir un projet et d'arrêter d'attendre dans le vide, tout en continuant à créer quelques pièces.

Ce n'était pas mal du tout, tu t'occupais de choisir les produits, de contacter des designers, Rose tenait la comptabilité et les stocks et toutes ces choses auxquelles je n'ai jamais rien compris. Une nouvelle aventure. On a passé des jours et des jours, des week-ends, à préparer la boutique, on faisait la peinture nous-mêmes, monter des étagères, trouver des meubles dans des brocantes pour faire des présentoirs. Rose riait beaucoup. Je n'ai pas su voir que tu gardais cachée une déception en feuilletant les catalogues des expositions, un pincement en passant devant une œuvre encore à la maison, et toujours quelque part cette rage en regardant ta vie t'échapper un peu.

L'autre jour, j'ai voulu revoir Matthieu. J'ai écrit « avant que tu t'en ailles » pensant « avant que je m'en aille ».

On s'est retrouvés au 4.20, il ne voulait pas me faire me déplacer. Salut amical de Georges, le patron. Quand je lui ai dit il y a quelques semaines que j'allais mourir, je ne sais pas pourquoi d'ailleurs, disons que j'en avais besoin sur le moment, il n'a rien dit d'abord, il s'est frotté le bras pour penser, puis il a attrapé tout en haut d'une étagère une bouteille longue et étroite.

— Lambig. Un peu comme du calva, mais breton. C'est pas tous les jours que je l'ouvre.

Il a servi deux petits verres.

— À la tienne, mon petit. À la tienne.

J'ai trouvé ça étrangement réconfortant. Depuis, il me traite comme d'habitude.

— Comment va ta petite femme ?

Je m'installe au bar en attendant Matthieu. Je commande un café. La petite femme va bien.

— Elle travaille.

— C'est bien, c'est bien.

Il n'a plus parlé de la grossesse depuis qu'il sait que j'ai une tumeur, il sait éviter zones dangereuses, écueils et hauts-fonds de toute nature.

Le carré jaune des fenêtres

Matthieu pousse la porte du bar, une sacoche de prof au bout du bras, les cheveux grisonnant déjà. Il salue de la main, on s'installe dans un coin, calés contre la vitre. Cafés.

— Redis-moi, c'est quand le grand jour du départ ?

Dans un mois, pour qu'il ait le temps de trouver un appartement et de prendre ses marques avant la rentrée. Je me dis que je ne sais pas dans quel état je serai, ça ne sert à rien de penser à ça, mais que veux-tu, j'ai tendance à avoir ma propre mort à l'esprit.

— Ça me fait un peu peur de déménager, tu sais, c'est l'aventure, tout de même, enfin, ce n'est pas très loin, Rennes, mais quand même. Je pourrai travailler sur mon livre, j'espère. Une nouvelle vie !

Lui fonce droit vers les falaises, entièrement pris dans son appréhension. J'aime ça, ça n'a pas de sens d'essayer de me ménager en évitant de mentionner projets, nouvelles vies, recommencements. Je ne suis pas à ce point égocentrique que je voudrais interrompre la marche du monde. Deuxième tournée de cafés.

— Alors, Fred m'a dit que tu avais eu une mésaventure sentimentale ?

Je relance la conversation en entrant dans les replis frémissants de l'âme torturée de Matthieu. Matthieu, mon ami, pourquoi as-tu tant de mal avec les femmes ? Quelle maladresse, quel romantisme frustré d'un autre temps t'entraîne vers les récits les plus acérés ? L'histoire est simple, finalement. La femme a été charmée par sa timidité un peu gauche, par l'érudition de sa conversation, puis effrayée par l'ardente effusion de son amour. Incapable de peser, de savoir quand, à quel degré, de trouver l'ouverture, de sonder avant d'agir. Enfin, je dis ça, je me prête peut-être à tort des compétences toutes Frediesques, je n'ai pas pratiqué depuis un petit moment.

— Je n'en peux plus d'être seul, Antonin. Ce n'est pas le sexe, le sexe, je m'en fous, je m'en suis toujours foutu, c'est, je ne sais pas, se réveiller avec quelqu'un le matin, c'est quelque chose, tout de même, et même pas, c'est de savoir qu'il y a quelqu'un. D'avancer en tandem sur la route de l'existence.

Quand Matthieu est en crise existentielle, il devient poétique et un peu ridicule, et c'est qu'il faut s'inquiéter. Je fais signe à Georges, on passe à quelque chose de plus fort. Cognac.

— Je suis incapable de me faire comprendre des femmes. Elles me sont hermétiques, tandis que je me débrouille toujours pour qu'elles s'imaginent que je suis amoureux fou dès la première semaine. Ça les fait fuir, évidemment.

— Ça a duré combien de temps avec elle ?

— Hélène. Oh, quelques semaines. Mais tout de même.

— Oui.

— À nos âges, on ne batifole plus. Elle a dit ça en me quittant, tu te rends compte ? Elle a dit, à ton âge, on ne batifole plus. Et qu'elle avait eu envie, précisément, de batifoler. Et pourquoi à mon âge ? On n'a que six ans d'écart. Ça veut dire quoi cette connerie ?

Matthieu est encore tombé dans le piège de son angoisse, finir seul, vieux et seul. Il s'est emballé, elle voulait passer le temps, ne pas vieillir aussi, sûrement, se laisser séduire par le prof d'histoire. Il a cru qu'il allait faire sa vie avec. C'est tragique, au fond, un gâchis.

J'ai quitté Matthieu tout à l'heure un peu requinqué. Avec légèreté, je crois, comme si on allait se revoir la semaine suivante, comme si on allait se revoir tout court, en fait.

Combien de fois encore vais-je devoir vivre ça ? Dire adieu ? C'est ça, c'est le temps des adieux, le tour d'honneur, m'agiter une dernière fois et dire au revoir. J'aimerais mourir d'un coup sans l'avoir prévu, sans tous ces chagrins avant. D'un côté non, je préfère le savoir, le vivre, même, quitte à mourir, autant s'en rendre compte, c'est un moment important, tout de même, je n'aimerais pas rater ça.

— J'ai vu Matthieu tout à l'heure.
— Il dit quoi ?

Julie a mis quelques secondes à répondre, elle finissait son paragraphe. Nous sommes en parallèle sur le lit, chacun un bouquin. Depuis cinq ou six ans, je suis obligé de porter des lunettes quand je lis, c'est effrayant cette décrépitude du corps, et puis ça fait vieux, c'est le niveau zéro de l'érotisme.

— Il ne va pas fort, le pauvre. Il s'est fait larguer.
— Encore ?
— Exactement.
— Tu penses qu'il va y arriver un jour ?

Je ris brièvement, le pauvre.

— Il est inapte. On verra.

Le carré jaune des fenêtres

Plutôt, vous verrez. C'est dans les petites phrases que la mort me rattrape. Quand j'y pense vraiment, je veux dire, quand je suis face à une preuve flagrante, à l'hôpital, par exemple, c'est attendu, c'est de bonne guerre, je suis blindé, mais parfois, c'est à revers, comme ça, au détour d'une expression dite sans y penser. Je me crispe un peu dans le lit, je ne sais pas si Julie l'a remarqué. Elle est retournée à sa lecture. Ça ne lui a pas fait tilt, comme on dit, c'est normal. Je souffre en silence en tournant les pages de temps en temps. Je ne comprends pas ce que je lis, quelle importance, de toute façon, je considère l'idée que Matthieu et Fred se retrouveront dans six mois ou je ne sais pas, dans un bar qui ne sera pas le 4.20, lèveront leur verre à ma santé et puis Matthieu racontera son nouveau naufrage, la faible consolation que lui apportent les moines mendiants et Fred dira comment il est en train de rater son second mariage. On verra. La vie est une garce.

Oui, c'est l'ouverture de la boutique qui a marqué le grand renoncement de Julie. Je crois qu'elle ne s'en est jamais vraiment remise : sous l'agitation, l'excitation relative, mais bien réelle quand ça a commencé à marcher, dessous, il est resté un goût de défaite. Je crois qu'elle m'en a confusément voulu, aussi, parce que j'avais abandonné plus tôt elle m'a mis dans le camp des vaincus où je l'ai entraînée à mon tour. Personnellement, je ne vois pas le rapport.

— Ce n'est pas grave. Nous, notre vie sera différente.

Elle a dit ça, un jour. Notre vie sera différente. Comprendre, différente de celle des autres qui vivent dans un carcan fait des mêmes journées qui se succèdent, et des mêmes amis et des mêmes petites sorties. Même chose, foutaises, d'abord, parce que tout le monde est pareil, rien de plus ordinaire que notre histoire, Julie, ensuite, parce que ce n'est pas parce qu'on ne voit des autres que la routine de leur existence lissée que c'est la réalité des choses. Regarde Rose, on ne savait pas, au début. Regarde-nous.

Tu sais, mon fils, il faut se méfier de ce qu'on sait des autres. Rien n'est plus faux que ce qu'on croit savoir, de la même manière que nous mentons continuellement aux autres, il n'y a qu'à voir le mal que

Le carré jaune des fenêtres

j'ai eu à m'habiller la dernière fois pour le dîner chez nous.

Sur ce sujet, il y a deux règles que tu peux suivre, à mon avis, je te les donne depuis ma chaire de père prétendument assagi par l'expérience. La première, c'est que tu dois toujours penser qu'il y a autre chose, dans la vie de l'autre, que tu ne sais pas et qui explique ce que tu ne comprends pas. Pas toujours, il y a des comportements tout bonnement ridicules, mauvais, plus rarement héroïques, Matthieu est tout bonnement incapable de garder une femme. Disons souvent, souvent, il y a autre chose. Souviens-toi que tu ne vois la vie d'autrui qu'à travers les carrés jaunes des fenêtres. *Secundo*, tu dois toujours penser que si tu as des problèmes, les autres ont les mêmes. En général, la vie est banale et répétitive, et tes soucis de même. Y compris moi, tout le monde meurt, rien de plus banal que ça. Ça n'enlève rien à la souffrance, évidemment. Peut-être cela permet-il de voir un peu différemment les autres. Voilà, je redescends de mon pupitre, merci de ton attention.

Regarde Rose, par exemple. On ne savait pas quand on l'a rencontrée, et on n'en savait pas plus quand Julie a ouvert la boutique avec elle, pourtant, Dieu sait qu'elles passaient leur vie ensemble. On a tout découvert bien plus tard, on avait l'appartement rue Pache, le cabinet commençait à bien marcher. Je t'ai dit qu'elles vendaient des œuvres de quelques artistes locaux, quelques œuvres de Julie, aussi. Elles organisaient des expositions de temps en temps, le temps d'une soirée. Les soirées des voluptés, elles disaient, c'est Rose qui a trouvé le nom. Pas mal, non ? Une fois par trimestre, plus ou moins.

La première soirée a été un assez beau succès, la boutique était pleine, des gens entraient et sortaient, je prenais des photos, on exposait un photographe justement, un ami, très talentueux, d'ailleurs aujourd'hui assez reconnu. On a célébré au 4.20 pour finir la soirée, c'était déjà notre repère.

— Le début du succès !

Nous avons bu, Rose riait, Julie était heureuse, semblait heureuse, excitée par l'aventure de la boutique comme elle avait pu l'être pour son art. Peut-être qu'elle l'était réellement à ce moment-là, je ne sais pas, en tout cas, je me souviens l'avoir pensé.

Un type est entré, il a fait deux pas, a remarqué Rose (tout le monde remarque Rose), a pilé net, s'est retourné lentement pour regarder la porte encore ouverte derrière lui, a regardé Rose encore, finalement a haussé les épaules et s'est installé au bar. Il a commandé une bière en bouteille, les deux coudes vissés au comptoir, un peu voûté. Je me rappelle très distinctement ces images, parce que Rose s'était brutalement arrêtée de rire, le verre suspendu à mi-course. Quand le type a haussé les épaules, elle a hésité une seconde de plus avant d'en faire autant, sans s'en rendre compte, sans doute exactement le même geste, j'apprécie la symétrie dans les mouvements de la vie, pas dans l'art, pas quand c'est fait exprès, bref, elle a fini son verre d'un coup et s'est levée.

— Excusez-moi. Une vieille connaissance.

Elle s'est dirigée vers lui. On s'est regardé, ta mère et moi : une vieille connaissance, mais pas seulement.

Le carré jaune des fenêtres

Sûrement pas un amoureux, Rose n'aime que les filles et elle l'a su il y a longtemps. On a fait mine de parler entre nous, nous aussi, de la boutique, d'un voyage à Budapest qu'on prévoyait pour les vacances, il faut respecter l'intimité des autres et, au besoin, la fabriquer quand les circonstances ne s'y prêtent pas naturellement.

Rose est revenue peut-être une demi-heure plus tard, le type a payé et est parti. Je me souviens que Georges faisait tout ce qu'il pouvait pour ne pas entendre, lui aussi, il avait senti, je salue la discrétion légendaire de Georges.
— Je vous raconte.
— Tu n'es pas obligée.
Elle a haussé les épaules, encore. Je crois qu'elle avait un peu pleuré. J'ai levé la main pour commander un nouveau verre.

Parfois, l'homme se tait pendant des années, tu sais, et un jour, on ouvre les vannes et tout se déverse dans la rue. Georges a amené les verres en silence et est retourné, en silence, derrière le bar. Rose boit deux gorgées avant de parler.

Il faut remonter au lycée. Rose habitait à Toulouse. Elle s'appelait encore Anne-Charlotte, à l'époque. Elle rencontre cette fille, Emma, Emmanuelle. Elles passent leur vie ensemble dès la sortie des classes, amour adolescent qui ne tolère rien en dehors de lui-même. Emma est le contraire d'Anne-Charlotte, douce, sage, presque enfant encore. Anne-Charlotte est souvent chez elle, un peu pour fuir la maison, aussi, c'est de son âge.

— L'histoire n'a pas beaucoup d'intérêt ni d'importance. Premier amour comme il y en a des milliers.

Ce qui compte, c'est qu'Anne finit par rencontrer le grand frère d'Emma. Plus vieux, ils s'entendent bien tout de suite. Ils commencent à se voir tous les deux, sans Emma, sans le dire à Emma. Elle admire ce garçon vaguement étudiant, qui ne fait pas grand-chose de ses journées, qui lui parle comme à une adulte et l'emmène boire des bières dans les bars du centre-ville.

— J'aurais tué pour l'avoir comme grand frère.

Un jour, il dit qu'il ne comprend pas ce qu'Anne-Charlotte fait avec Emma. Une phrase qui consomme instantanément la scission entre Emma et Anne. Stupidement flattée comme on peut l'être à cet âge, lorsque vieillir est un signe de qualité. Alors, Anne-Charlotte s'éloigne de plus en plus d'Emma, préfère toujours un peu plus son frère. Ils finissent par se retrouver chaque week-end, plus ou moins en cachette d'Emma. Qui se sent vite remplacée, naturellement, la pauvre. Elle croit qu'Anne-Charlotte voit une autre fille.

Elle l'attend un soir à la sortie des classes, les yeux déjà rouges. Elles restent deux heures là, dans le froid, devant les murs de pierre qui ceinturent le lycée, qui font comme un décor de film pour cette scène canonique de rupture. C'est la fin de leur histoire, Emma pleure beaucoup, Anne-Charlotte non, sur le moment, elle s'énerve, elle trouve Emma terriblement gamine, elle confond sentiment et sensiblerie, enfance et souffrance, bref, elle s'enveloppe dans l'orgueil de celle qui croit se voir grandir. Elle regrettera plus tard la tendresse d'Emma, son parfum de shampooing fleuri et ses jupes de bonne élève.

Elle continue à voir le frère, Félix, plus souvent encore. Il l'entraîne dans des soirées, premières cuites, premiers joints. Elle écoute sa musique, s'habille différemment, elle est subjuguée. Lui, je ne sais pas ce qu'il a dans la tête, peut-être qu'il aimerait coucher avec elle, peut-être que c'est simplement avoir cette fille si belle déjà à son bras, qui boit ses paroles et le suit partout. Il la présente à ses amis. Elle rentre tard, le soir. Elle est admirée, elle est la fille d'une bande de garçons plus âgés qu'elle qui la cajolent, elle adore quand il passe la prendre en moto en bas de chez elle, elle file avec son perfecto sur le dos, elle est un peu trop maquillée. Félix lui présente des filles aussi, elles sont magnifiques, elles l'embrassent dans les bars. Elle aime se dire qu'elle vit des aventures, que des mains inconnues se posent sur ses hanches, que ça n'a pas d'importance, qu'elle est au-delà de ça, que c'est un jeu pour elle. Elle se laisse entraîner par une main très douce dans un petit appartement au troisième. C'est décoré d'affiches de street art, il y a des plantes vertes sur le rebord des fenêtres, un cendrier sur la cheminée, des bouteilles vides alignées sur une étagère. C'est une chambre d'étudiante, pas d'écolière. La fille abandonne son blouson sur le sol, son pull aussi. Elle se retourne, elle est nue maintenant. Anne-Charlotte se laisse faire, elle n'hésite pas, elle a bu. Le lendemain, elle étrangle un sanglot dans les escaliers, la fille lui a fait comprendre qu'il fallait la laisser, maintenant, et elle n'a pas donné son numéro. Anne-Charlotte retourne en classe. Elle se sent un peu salie, un peu trahie, un peu hors de contrôle. Un peu grandie aussi, tout de même, fière, quelque part. Elle recommencera, elle y prendra goût. C'est de son âge, ça aussi.

Les choses finissent par changer. Elle est en terminale. Félix lui donne rendez-vous le vendredi soir boulevard de l'Embouchure, au métro. Elle attend longtemps, il fait un peu froid, le vent s'engouffre sur les boulevards et au-dessus du canal. Elle remonte son col. Il finit par arriver, en voiture, elle monte à l'avant.

— On va où ?

— À l'aventure. J'ai une mission pour toi. On va voir ce que tu as dans le ventre.

Elle fait la moue, menton en avant, elle ne craint rien, il l'a prise pour qui ? Par-dessous, elle sent que quelque chose se passe. Qu'est-ce qu'il a encore inventé ? Du coup, elle ne dit rien quand ils quittent Toulouse. Ils s'enfoncent dans les départementales, c'est la rase campagne. Ils se garent.

— Qu'est-ce qu'on fout là ?

On est au milieu de nulle part, la route file en arc entre les arbres, un chemin de terre perce un bois, des champs.

— On attend la nuit. Les gens qui habitent ici, un couple de vieux, archi friqués, ils sont pas là, ce soir, il y a une fête à Toulouse, un cocktail ou un truc, ils sont invités.

— Comment tu sais ?

— Je sais. On va attendre qu'il fasse nuit et on va y aller.

Cambriolage. Elle a peur, Anne-Charlotte, elle serre les dents, putain, qu'est-ce que je fous là, il l'a piégée, il aurait pu la prévenir, c'est trop tard maintenant pour reculer. Il faut qu'elle montre qu'elle en a dans le ventre. Elle ne se rend pas compte qu'elle pense avec ses mots à lui. Elle ne veut pas le décevoir, elle se sent spéciale aussi, c'est elle qu'il a choisie pour faire ça, c'est à la vie à la mort, maintenant, Bonnie and Clyde ou quelque chose. Pour lui aussi, sûrement, en réalité. Je ne pense pas qu'il l'utilise ou la manipule, à ce moment. Certes, il se dit que ce sera plus facile à deux, il faudra peut-être porter des trucs, il a peur aussi, c'est peut-être la première fois qu'il fait ça. Peut-être qu'il rêve au couple de gangsters, à côté de cette fille si belle, si jeune, si pure encore, qu'il aime probablement un peu, confusément, à la sortie de l'adolescence, qu'il ne pourra jamais embrasser, alors pourquoi pas ça. Et puis l'argent qu'ils vont se faire !

Ça va vite, quelques minutes passées dans la maison, à peine plus. Ils ont peur, ils guettent les bruits dehors. C'est le début qui a été difficile, oser y aller, tenter le coup, avancer prudemment, vérifier qu'il n'y a personne, préparer au cas où une histoire, une panne de voiture, et puis forcer la porte, pas d'alarme, une chance, les vieux ne sont pas partis longtemps, hésiter à allumer la maison, finalement oui, ce sera plus facile.

Du liquide dans l'entrée, un portable, l'ordinateur, elle insiste pour prendre un tableau qui a l'air cher, ils montent les grands escaliers. Ils se retrouvent dans la chambre, ça lui fait bizarre, à Anne-Charlotte, d'être là chez des gens, il y a des photos, une femme jeune, la photo est jaunie, elle était très belle. Il fouille dans la table de nuit. Bingo, un petit coffre rempli de bijoux. Il fourre tout dans son blouson. Il tremble d'excitation et de peur. Il la regarde, elle est immobile, les yeux dansent sur les robes et les vestes, sur les bibelots qui traînent, les marques de la vie des gens. Elle est magnifique, il a envie de l'entraîner sur le lit.

— Tirons-nous.

Ils dévalent l'escalier et partent sans fermer la porte, lui ne regarde qu'elle, ils courent jusqu'à la voiture. Ils rient quand il démarre. La musique est forte, retour à Toulouse.

Ça a duré quelques mois, toujours dans la campagne autour de Toulouse, dans la journée, la nuit, parfois pendant la semaine. Félix avait des infos sur le départ de telle ou telle personne, parfois, ils allaient au hasard et ciblaient les maisons vides, mais c'était plus risqué. Rapidement, ils ne pouvaient plus s'en passer. Anne-Charlotte, surtout, au début, elle avait eu du mal, voler comme ça des gens, rentrer chez eux, elle les imaginait revenir de nuit à la maison après une soirée à Toulouse, le bip de la voiture dans le silence de la campagne et trouver la porte encore entrouverte. La peur et puis ensuite l'intimité violée, le chagrin des choses perdues, le collier offert par une grand-mère décédée, la bague pour leurs dix ans de mariage… Puis elle avait arrêté d'y penser.

— Ils ont trop d'argent, de toute façon.

Félix les haïssait, tous en bloc, par instinct de classe.

Alors, c'était la jouissance de dépenser tout cet argent, plus grande encore parce qu'il était indûment gagné, sans doute, la jouissance de qui est au-dessus des lois. C'était ça, surtout, pour Anne-Charlotte, pas les robes et les boucles et les restaurants ou les chambres d'hôtel immenses où elle entraînait ses amantes d'un soir, non, c'était se détacher du lot indifférencié des autres, la confirmation d'être exceptionnelle, intime conviction qu'elle ressentait dans son orgueil adolescent. C'est Félix qui s'occupait de revendre, « d'écouler », ce qu'ils volaient.

Dans la voiture, comme toujours. Félix roule vite, elle a le pied sur le tableau de bord, elle chante, il a mis un CD des Smiths. La mécanique est bien huilée désormais, elle n'a plus peur, seulement un peu d'excitation, les premiers traits d'adrénaline avant l'acte. Ils ne savent pas bien où ils vont, Félix tourne au hasard sur les petites routes.

— À droite !

Elle a repéré quelque chose, la silhouette d'une bâtisse entre les arbres. La demeure est enserrée par une muraille végétale. Un corps de logis cossu là-bas et une grange un peu à l'écart, à l'entrée du parc. Personne, apparemment.

— T'as l'œil. On va voir ?

Ils prennent garde à ne pas claquer les portières trop fort. Un lièvre s'enfuit. Félix s'approche de la grange.

— T'es con ou quoi ? On fait la maison et on bouge !

Il fait signe de se taire, juste un coup d'œil, on s'en fout, il n'y a personne. Il fait sauter le cadenas avec une grosse pince. Elle le suit dans l'obscurité, ils mettent quelques secondes à comprendre ce qu'ils voient : des cartons marqués P&G ou Sanofi, et puis des caisses en bois scellées.

— C'est quoi ça ?

— Peut-être pour du bétail, non ?

Elle lui tend un pied-de-biche, il ouvre une caisse dans un craquement. Sachets bien alignés, compressés : de l'herbe, en grande quantité ; une autre caisse, cocaïne... Anne-Charlotte garde cette image, Félix tournant sur lui-même, les mains accrochées aux cheveux, putain, putain, putain, au milieu des caisses, sous les poutres de la grange. Et puis un cri derrière eux, une femme avec une arme, un type qui sort un badge, police. C'est le gars du 4.20.

Ils se sont retrouvés au commissariat, évidemment. Un hasard au fond, les flics venaient de tomber sur l'entrepôt grâce à différents tuyaux et des mois d'investigation. Il est apparu rapidement que les deux apprentis cambrioleurs n'avaient rien à voir avec l'important réseau sur lequel la police enquêtait. Interrogés séparément, on leur a proposé de témoigner l'un contre l'autre pour pouvoir les inculper pour leurs autres sorties des derniers mois. Anne-Charlotte n'a pas voulu céder, Félix oui, dilemme du prisonnier classique, il a fait défection, comme on dit, il a eu une peine réduite. Un avocat commis d'office a vaguement pu faire valoir l'influence de Félix sur sa jeune cliente. Elle a pris 5 ans ferme, elle en fera deux avant d'être libérée et de quitter Toulouse pour toujours. Le type du bar s'appelle Stanislas Etcheverry, il dirigeait le groupe d'enquêtes sur le trafic de drogues, à l'époque.

Ta mère et moi sommes restés silencieux un bon moment.

Le carré jaune des fenêtres

— Et le type, Etcheverry, qu'est-ce qu'il a dit ?
— Qu'il était désolé, qu'il espérait que j'allais bien et que j'avais pu refaire ma vie après ça et aussi qu'il avait démissionné. Je n'ai pas demandé pourquoi, je n'ai pas osé, et puis on s'en fout.

Oui. Tu vois, fils, Rose, heureuse et drôle, et tout ce qu'on veut, on n'imaginerait pas que. C'est parce que ce n'est pas écrit sur le front des gens, essaie de retenir ça.
— Il avait l'air drôlement secoué, ce type.
On ne sait pas ce qu'il y a derrière le carré jaune de sa fenêtre.

Rose, Anne-Charlotte, pleine de surprises, tu vois. C'est pour ça qu'elle a voulu se choisir un nouveau prénom, j'imagine, laisser derrière elle. Je t'en parle et tu la connais sans doute, elle doit faire partie du paysage de ta vie depuis toujours, j'espère qu'elle est toujours aussi proche de ta mère. Peut-être plus encore, je compte sur elle pour accompagner Julie après ma mort.

Je dis ma mort, je me rends compte que je n'ai pas de mal à l'écrire ni à en parler si besoin. Je ne suis pas de ceux qui disent « partir », ou « s'en aller », je méprise ces pudeurs inutiles, il ne faut pas avoir peur du mot, comme disait Saussure, le mot chien ne mord pas, le mot mort ne tue pas non plus, avoir peur du mot, c'est avoir peur de la chose, et je n'ai pas peur de mourir. Je n'ai pas peur, ce qui me fait mal, c'est que ça doive tomber maintenant, je suppose qu'il n'y a pas de bon moment pour mourir, tout de même, je trouve que celui-là est particulièrement mal choisi. Il y a deux choses qui me font souffrir dans tout ça, ne pas vivre avec toi et ne pas vieillir avec ta mère. C'est ce qu'on m'avait promis et, aujourd'hui, on me l'enlève. Je n'ai pas peur de mourir, j'ai peur de vous laisser maintenant, alors que vous avez le plus besoin de moi.

Je n'en parle pas à ta mère, de ça, je n'ose pas, alors si tu lis ça, ma chérie, je suis désolé, je suis désolé de te

Le carré jaune des fenêtres

laisser au début de la plus grande aventure de notre vie, je t'avais promis d'être avec toi, d'être un bon père, autant que possible, enfin, au moins de faire de mon mieux, je te l'avais dit, sur la coque émaillée du 4.20. J'avais promis les couches et les biberons au milieu de la nuit, d'apprendre à notre enfant à faire du vélo et à respecter les autres, je t'avais dit que ce serait notre voyage à tous les deux. Excuse-moi.

Nous sommes partis à Budapest quelques semaines plus tard, l'été. C'est important, partir. C'était notre solution contre la répétition des jours, comme beaucoup de monde, vive le tourisme de masse, on rêvait d'ailleurs quand la vie nous pesait trop. C'est normal, la vie qui pèse, soit dit en passant, je veux dire, ce n'est pas la vie que j'ai eue, je te l'ai dit, je ne regrette pas, c'est pour tout le monde pareil, de temps en temps, voilà, c'est l'ensemble qui. Surtout à Julie. Quand c'était trop fort, je disais à ta mère qu'on allait partir.

— Je t'emmène quand à Buenos Aires ?

Ou ailleurs, ça dépendait des fois, de l'inspiration du moment, si tu veux. J'aimais ça, c'est un peu désuet, un peu macho, un peu emmener ma petite femme en vacances. Peu importe, elle aimait aussi, les mots qui nous touchent ont souvent longtemps été dans nos vies, inévitablement, certains d'entre eux portent encore les idées d'hier. Je disais ça dans la Cabine sous le ciel déjà, même si on savait que c'était inenvisageable puisqu'on n'avait pas un sou, et puis plus tard aussi, de temps en temps. Un an après l'ouverture du cabinet des voluptés, nous avons choisi Budapest. Je me souviens des complications pour les dates, des tracas quotidiens, encore, il fallait que je pose des jours, se mettre d'accord avec collègues et patrons, Julie devait s'organiser avec Rose aussi et les fournisseurs. Ça l'énervait, ce sont les chaînes de l'existence qui venaient frotter. On a réussi à s'envoler une petite semaine. De beaux souvenirs, je les garde. Budapest, cœur battant de l'Europe, des siècles d'Histoire qui nous regardent, le pont de Chaînes, Pest la bouillonnante et les vestiges de gloire des Habsbourg sur la colline de Buda. La Hongrie si jeune, si jeune après cinq siècles de domination étrangère.

Très importants, les voyages dans notre vie. Partir, c'est faire un pas de côté, avancer ou reculer, je ne sais pas, bouger, en tout cas, laisser la place vide et pouvoir la regarder depuis là-bas. C'est risqué, un peu, c'est souvent dans ces moments qu'on pense à soi, on prend du recul, comme on dit, on fait le point. On s'observe soi, son couple, sa vie, sa carrière, ce que tu veux, on se juge. Les voyages nous rapprochaient, ta mère et moi, on se retrouvait un peu comme avant, comme on est lorsque le quotidien ne vient pas encore nous étouffer, quand on ne se regarde plus à force de se voir, quand l'autre se fond dans le décor. Une respiration. Et aussi un vertige, du coup, se rendre compte du temps perdu et du peu qui reste. J'ai toujours beaucoup regretté, en voyage.

Et puis, c'est le retour qui est difficile. Surtout pour Julie, se résigner à rentrer au nid, à se couler de nouveau dans des habitudes au goût de camisole, la boutique, le tous les jours. Moi, moins. Elle, oui. Je crois qu'elle est revenue de là-bas avec quelque chose, bien cachée dans ses bagages, comme un voile déchiré sur son renoncement.

— Je ne serai jamais une artiste.

Elle a dit ça le soir de notre retour, dans la cuisine, fenêtre ouverte, on avait fait un repas du fond d'épicerie qui traînait dans les placards, pas eu le temps de faire des courses.

— Ça veut dire quoi être une artiste ?

Mauvaise réponse, évidemment, c'est la seule qui m'est venue à l'esprit sur le moment.

— Sois pas con.

Pas injustifié. Combien de fois, cette même scène ou une de ses variantes, combien de fois ai-je été incapable de t'écouter ou de te comprendre ? Je revois l'Antonin de tous les âges, désemparé de la même manière, coupé de toi instantanément, car pas prêt à entendre ce genre de phrases, incapable par conséquent d'empathie, je le vois patauger dans un vide émotionnel incompréhensible, essayant de trouver la sortie, en se disant « il faudrait que je ressente sa peine, il faut que je trouve quoi dire », mais impossible, jamais su pourquoi.

Ça, je le regrette, oui, de n'avoir pas su voir que ce qui se jouait était grave. Pas su faire l'addition des moments de doute ou de désespoir qui emportaient Julie, parfois, pas su relier les points. J'ai pris ça pour une nostalgie de retour de vacances, comme les autres fois, un coup de mou, une passade, un doute qui allait s'envoler. Pas vu qu'en fait, c'était le reste qui était passager et façade, et que c'était ça qui restait.

Aujourd'hui, je suis tombé. Enfin, j'ai réussi à me rattraper avec les bras sur le comptoir de la cuisine, avant de plus ou moins me projeter vers une chaise pour éviter l'écrasement final sur le carrelage. Je suis resté assis plusieurs minutes à regarder l'économe que je n'ai pas pu sauver de la chute et qui a rebondi sur la céramique avec force fracas. Je me suis dit, ça y est, c'est le début de la fin, le corps à vau-l'eau et le moral en berne. Je me suis dit c'est la dernière ligne droite. Ça m'a rendu étonnamment paisible, léger, même, j'ai trouvé un air comique à l'économe abandonné au sol avec des fragments d'épluchure de carotte encore accrochés. La défaite de l'épluche-légumes plus flagrante que la mienne. Finalement, j'ai pu me relever, j'ai attendu que la tête arrête de me tourner, je me suis penché exagérément lentement pour récupérer l'ustensile et j'ai pu finir mon labeur sans encombre. Bien sûr, ce n'est peut-être qu'un coup de fatigue, un rien qui ne se reproduira plus. Ou bien plutôt un coup de semonce, le premier avertissement pour m'inviter à mettre mes affaires en ordre. J'en parlerai au docteur Gentiane jeudi, c'est le genre de choses qui mérite d'être noté dans un dossier médical, il me dira eh oui, Monsieur Delaitre, c'est la guerre, l'ennemi avance, on le savait, hein, si vous tombez, c'est que vous étiez debout, pas vrai ? C'est que vous êtes toujours debout, c'est ça, l'important. Gardez l'œil sur l'objectif, Monsieur Delaitre.

Ce que je crains, ce n'est pas le fauteuil, ou le lit, ce n'est pas le rétrécissement du monde, c'est de ne plus pouvoir t'écrire. Ça arrivera. J'espère avoir le temps de t'en dire le plus possible avant.

Je n'en ai pas parlé à Julie.

Je rêve d'une typologie des revers de l'existence. Il est évident, fils, qu'on vogue de galère en déroute : la vie, en sa qualité de garce, s'évertue à nous mettre des bâtons dans les roues. En conséquence de quoi, il paraît salutaire d'établir une typologie analytique, fiable et définitive de ces tuiles qui nous tombent dessus.

Il y aurait d'abord une catégorie de revers insignifiants, les accrocs à peine perceptibles, en tout cas incapables de maintenir leur pouvoir de négativité au-delà, disons, de la journée. J'en ai rencontré un ce matin en constatant qu'il n'y avait plus de café. Insignifiant, déjà oublié, je n'y repense que pour te donner un exemple, mais tout de même de quoi tirer une grimace. Probablement la catégorie la plus vaste : un ami en retard à un rendez-vous, se cogner le pied contre un meuble, ta mère ne trouvant plus son portefeuille ce matin avant de partir à la boutique, je l'ai entendue s'irriter dans tout l'appartement avant de mettre enfin la main dessus. L'incident sera oublié avant même qu'elle atteigne la rue Charlot, il ne laissera aucune trace dans son existence et ne mérite qu'à peine d'être consigné ici. En revanche, intéressant de se pencher sur les causes de ce revers insignifiant.

Le carré jaune des fenêtres

Tu me diras, les objets n'ont pas besoin qu'on les aide pour disparaître. On ne peut pas les blâmer, d'ailleurs, c'est là le maximum de leur influence sur le monde.

Certes, mais en l'occurrence, Julie oublie le portefeuille réfractaire sur l'accoudoir du canapé en raison d'un revers qui surclasse l'affaire du porte-monnaie : une fuite s'était déclarée quelques minutes plus tôt au niveau de l'arrivée d'eau des toilettes. Sans doute un joint défectueux à changer. Tu vois comme la vie s'est abattue sur nous ce matin. N'ayant aucune affinité avec les objets et leur maniement, et profitant de l'excuse de la maladie pour justifier mon inaptitude, j'ai appelé après le départ de Julie un plombier qui doit passer entre 15 heures et 19 heures. Le degré de nuisance est globalement faible. On arrive tout de même à percevoir un critère de distinction entre les deux types de revers. Ce n'est pas tant l'intensité de l'incident, mais plutôt son amplitude chronologique. Ici : intervention nécessaire du plombier, plusieurs heures après l'évènement initial, et encore, j'ai eu la chance de trouver un professionnel disponible dans la journée ; possibilité de projection sur plusieurs jours en cas de pièces à acquérir et à poser ; spectre de la terreur domestique contenue tout entière dans le terme dégât des eaux. Le revers se transforme en tuile. L'onde de choc d'une tuile ne peut s'étendre trop dans le temps. On trouve dans cette catégorie la panne de voiture, une bouteille de gaz à changer, de menus désagréments qui obligent toutefois la trajectoire de la vie à faire un pas de côté. C'est le train qu'on rate, aussi. Au-delà, lorsque Fred s'est cassé la jambe au ski, il y a trois ans, on entre dans le champ des revers significatifs. Ils sont caractérisés par une différence fondamentale avec les tuiles : au lieu de les contourner, on doit accepter leur influence sur notre vie. Fred a dû arrêter de travailler, c'est-à-dire de gérer son patrimoine, pendant une ou deux semaines, puis il a déambulé dans Paris accroché à une paire de béquilles qui lui ont donné beaucoup de souffrances et une formidable opportunité de se plaindre continuellement. N'empêche qu'il a été forcé de s'adapter au coup du sort. Significatif, donc.

Qu'y a-t-il après ? Les drames, je crois. Le critère serait celui de l'intensité, et puis les drames inévitables, ceux qui font dire que vraiment, c'est injuste, ceux qui laissent impuissant. Sauf que tous les drames ne sont pas équivalents, bien sûr.

J'en étais là de mes réflexions en regardant Paris défiler dans la vitre du taxi. Direction l'hôpital. J'essaie toujours de penser à autre chose en y allant, c'est déjà suffisamment pénible sur le coup pour ne pas m'empoisonner l'existence à l'avance. Aujourd'hui, j'ai rendez-vous avec le docteur Gentiane. Il va peut-être me dire qu'on fait une pause, qu'on attend de voir. J'espère.

Du coup, je pense à Fred, je me demande quels ont été les drames de sa vie. Je me rends compte que je ne sais pas répondre à cette question. Ce n'est pas si facile : il faut bien sûr connaître les péripéties qu'il a traversées, mais encore savoir si, pour lui, c'était vraiment si grave. Je pense que son second divorce, oui, c'était un vrai drame. Le premier non, enfin, il en a bavé pendant des mois, plus encore deux ans de procédure, Fred a un sacré patrimoine, elle comptait bien en emporter une partie avec elle. Je dirais un drame relatif, je ne suis pas sûr du terme, relatif vient contrebalancer le superlatif contenu naturellement dans le mot drame. C'est quelque chose qui fait mal, d'accord, qui dure suffisamment longtemps, qui a des conséquences sur la vie du sujet. Tous les critères sont remplis pour passer les étapes précédentes. Mais Fred s'en est remis, il a rencontré Sylvie, il s'est remarié, il a été heureux avec une autre, ça n'a pas détruit sa vie. Puis il a divorcé une seconde fois. Là, d'accord, coup dur. Trop tôt pour juger vraiment. Sans doute pire, parce qu'il avait fait du chemin entre temps, il a perdu l'arrogance de celui qui plaît encore, beaucoup, il était invincible. Plus maintenant.

Et moi, c'est quoi, les drames de ma vie ? La maladie, bien sûr. La maladie au-dessus de tout. Puisqu'elle me tue, il n'y a pas à relativiser, c'est un drame définitif, un drame qui change ma vie de fond en comble, un drame existentiel. Oui, je crois que c'est ça. C'est le dernier degré des crasses que la vie nous fait. Je descends de la voiture, je traverse pour entrer dans l'hôpital. Je dis bonjour à la fille de l'accueil, je finis par avoir l'impression de la connaître. Elle me sourit, elle aussi, elle repère les grands malades, les habitués. Contente quand ils tiennent encore debout. Je traverse les étages, ascenseur, couloirs immondes et insipides qui sentent la javel et l'antiseptique. Je me rends compte que ça me rassure, en réalité. Je connais les lieux. C'est comme tous les jours, avec une variante, puisque je vais dans la salle d'attente de Gentiane. Je m'assois, je prends un magazine. Je finis même par retrouver l'article que j'avais abandonné en cours de route la dernière fois. C'est ma routine, elle me mène vers la mort, d'accord, mais d'ici là, elle me protège. J'ai moins peur de la radiothérapie et des termites dans la tête, je suis en terrain connu. Comme quoi, la routine, pas si mauvaise, finalement. En tout cas, pas pour moi.

J'ai pris le taxi pour rentrer, cassé par les rayons, encore. On continue, a dit Gentiane, trois semaines, on fait le point dans quinze jours, on surveille, de toute manière, je vous ai à l'œil, Monsieur Delaitre, je veille au grain. Dernier jour demain, puis le week-end. J'ai hâte d'arriver chez moi. Je vais dormir un peu, je crois. Et Julie, c'est quoi, son drame existentiel ? Je me suis posé la question tout à l'heure. C'est évident, maintenant. Pourtant, combien j'ai pu être aveugle. On finit par ne plus regarder ceux qu'on voit tous les jours, on les néglige, en réalité.

On s'est toujours écrit, avec ta mère. Pas des lettres, pas souvent, sauf quand on était séparés, parfois. Plutôt des petits mots qu'elle laissait accrochés sur les murs de la Cabine sous le ciel en partant le matin. C'était sa façon de rester encore un peu, de savoir qu'elle allait me faire sourire encore alors qu'elle n'était plus là, d'entrer un peu plus dans ma vie aussi, je crois, prendre un peu plus de place, pour déborder du cadre de nos rendez-vous. Ce n'était pas grand-chose, à chaque fois, ce n'est pas ce qui est écrit qui est important, c'est le plaisir de ranger un livre, de faire la vaisselle, et de trouver un post-it collé sur le carrelage de la cuisine ou sur le carreau de la fenêtre. De se dire, elle a pris le temps de trouver un papier et un crayon avant de partir, pour me laisser cette petite trace de son passage. C'est marquer son territoire aussi, un peu. C'est dire : je sais que je ne suis pas juste passée, on n'a pas simplement passé la nuit ensemble, je ne suis pas une autre, je sais que tu penses à moi en prenant ton café, les images de la nuit et mon odeur sur le corps. Je me vois encore, Antonin de vingt-cinq ans, debout à la fenêtre, un bol de café à la main, j'attends qu'il refroidisse un peu, je me réveille doucement en laissant remonter des moments d'hier.

Le carré jaune des fenêtres

On a gardé cette habitude après, quand on vivait ensemble, un petit mot plié en quatre dans un sac à main pour que Julie le trouve en cherchant ses clés, ses clopes, son portable. Pour qu'elle s'arrête dans sa discussion et sa journée pour lire ce petit rien, qu'elle sourie, on lui demande ce que c'est, c'est rien, c'est mon mec. On était émerveillés par le pouvoir de ces petits mots sur nous, on se disait qu'on était niais, c'était vrai, on s'en foutait, on était étonnés que ça ait tant de force, alors que ce n'était rien. C'était comme ça.

Et puis on n'a plus trouvé de papiers pliés dans nos poches, on s'est contentés d'un texto pour se dire quelque chose de banal, je passe acheter du vin pour chez Fred ou on en a ? Comme si on n'avait plus besoin de mots d'amour. Je me rappelle que j'y pensais de temps en temps, je me disais, tiens, ce serait marrant de le faire, je pourrais laisser un mot dans son sac, comme avant. C'était une forme de pudeur qui me retenait, j'avais l'impression qu'on n'en était plus là, que ça aurait été bizarre de jouer l'amoureux passionnel au bout de cinq ans. Un peu comme si j'avais eu peur d'en dire trop, comme si je m'attendais à lui faire peur. Je ne sais pas, ce n'était plus d'actualité, ça ne se faisait plus, si tu préfères. C'est triste.

J'y pense parce que justement, j'ai trouvé un post-it jaune collé à la porte d'entrée en rentrant chez moi. Julie a dû repasser par la maison à midi, elle rentre parfois, j'étais déjà parti pour l'hôpital.

« Échographie cet après-midi, j'espère que ça s'est bien passé, les rayons, fais une bonne sieste et je te ramène des photos du Chou. »

L'échec de sa carrière d'artiste, le drame existentiel de ta mère ? – Bien sûr. Elle ne disait jamais « carrière », d'ailleurs. Pour les autres, oui, la carrière d'Untel qu'elle aidait, un peu, en vendant ses toiles au cabinet ou en les collant sur un T-shirt, là, d'accord, une carrière à gérer, à développer et, pour elle, à soutenir. Pour parler d'elle-même, jamais. Ce n'est pas sa carrière qu'elle a manquée, c'est la vie d'artiste qu'elle n'a pas eue. Bref, son grand drame, ça semble évident aujourd'hui, et pourtant, Dieu sait combien j'ai été aveugle. Et puis un jour, il n'a plus été possible de fermer les yeux. C'est arrivé deux, trois ans après les débuts de la boutique, mettons deux ans après le soir au 4.20 où nous avions appris pour Rose, tu sais, où il y avait ce flic, Etcheverry, si perdu devant sa bière.

Je revenais d'un colloque, salon de la presse, l'objectif pour nous était de se faire mieux connaître du milieu, de décrocher de nouveaux contrats, peut-être. Je n'avais même pas fait attention aux quelques photographes qui devaient couvrir l'évènement. Le salon durant deux jours, à Paris, mais j'avais pris un hôtel pour éviter les trajets depuis la porte de Versailles, et puis pour pouvoir profiter de la soirée organisée entre les deux journées sans subir la désapprobation conjugale. Bref,

Le carré jaune des fenêtres

toujours est-il que je suis rentré rue Pache avec mon petit sac, épuisé par tant de poignées de main molles et de sourires forcés. J'ai trouvé le mot avant même d'enlever ma veste, tout pareil à ceux qu'on se laissait, avant. Celui-là n'était pas un mot d'amour.

« Salut. J'espère que le salon s'est bien passé. Je suis partie pour New York. J'ai été prise dans un cours d'art dans un atelier. C'est la chance de pouvoir me faire des relations là-bas, je ne peux pas laisser passer ça. Ne viens pas me voir. Je ne sais pas quand je rentre. »

J'ai relu la lettre plusieurs fois, les mots tous serrés sur une feuille Bristol scotchée à la porte, j'ai eu besoin de m'asseoir. Puis j'ai laissé mes affaires en plan et j'ai claqué la porte avec le mot de Julie dans la poche. Six heures. J'avais encore le temps. Je courais, presque, sur le chemin vers la rue Charlot, jusqu'à la boutique où je suis arrivé un peu en sueur. Rose était là, elle triait des cartons de je ne sais quoi, elle s'est arrêtée en me voyant arriver. Elle n'a rien dit, au départ, elle s'est approchée et elle m'a prise dans ses bras.

— Donc c'est vraiment vrai ?
— Oui, vraiment. Elle est partie hier. Elle m'a prévenue lundi, je n'avais pas le droit de t'en parler. Personne d'autre n'est au courant, je pense qu'elle avait peur que tu la dissuades.
— Sans blague.
— C'est important pour elle. Elle n'a pas encaissé que son travail d'artiste ne décolle pas.

— Je ne vois pas le rapport, mon travail à moi a décollé, peut-être ? Est-ce que je suis parti à l'autre bout de la Terre pour autant ?

— Ça n'a rien à voir, Antonin, et tu le sais.

Je trouvais ça lâche. Je trouvais ça immature, elle faisait sa petite diva, ses drames de princesse pourrie gâtée, je trouvais ça dégueulasse, je tournais en rond dans la boutique.

— Elle te laisse gérer toute seule le cabinet ?

— Oui. Jusqu'à son retour.

— Elle dit qu'elle ne sait pas quand elle rentrera.

— Je peux me débrouiller. Son cours dure trois mois. Elle disait qu'elle resterait peut-être un peu plus si ça valait le coup.

Trois mois, sans prévenir. Trois mois, merde. C'était quitter le domicile conjugal, abandon de poste, avec en plus mon salaire pour payer ses vacances. J'ai tourné encore. Je ne comprenais pas. Tout autour, les rayonnages, les tables et les étagères chinées, les après-midis à les poncer puis les peindre, et posées dessus les pièces choisies, sélectionnées une à une, mises en valeur, tout ce qu'elle avait construit, ce qu'on avait construit, plutôt, avec Rose, elle avait tout laissé en plan. Elle a tout laissé en plan, cette garce, j'ai dit. Je me suis arrêté devant une affiche, un graphiste parisien qui faisait du sous-Banksy en A2, un type désagréable, en plus, je n'ai jamais compris pourquoi Julie aimait tant ce gars. Un mètre à droite, il y avait une toile de ta mère, un travail assez récent, je ne me souviens plus exactement, quelque chose de rouge. J'ai pris un couteau dans une boîte, Julie et Rose vendent aussi des petits trucs de maison, j'ai donné un grand coup dans le tableau, la lame a transpercé la toile épaissie par la couche de peinture. Deuxième lacération, j'avais eu l'impression que ça me calmerait, en fait pas tellement, ça a juste transféré ce que je ressentais – abandon, trahison, rage, mépris – dans mon corps. J'ai quand même eu une certaine satisfaction mauvaise, encore plus quand j'ai compris dans le regard de Rose qu'elle était choquée, mais qu'au fond, elle était d'accord. Je lui ai collé un bisou sur le front et je suis sorti. Là, je me suis rendu compte que je ne savais pas ce que je devais faire. Alors j'ai fait comme tout le monde dans ces cas-là, tu sauras, fils, quand tout va mal, il n'y a qu'une chose à faire, aller chez Fred. Il venait de divorcer pour la première fois, il avait réintégré sa garçonnière du temps jadis. Il a sorti du whisky et deux verres en voyant ma tête, il a toujours su lire mes pensées.

— Julie ?

Oui.

— Toutes des garces.

Je n'aimais pas mettre ta mère dans le lot des femmes en général, mais sur le coup, j'étais d'accord.

— J'appelle Matthieu. Que se passe-t-il ?

— J'attends qu'il soit là pour raconter. Et toi ?

— Elle est passée hier, il restait des affaires à elle. J'avais tout mis dans un coin, trente secondes à tout casser, à peine trois mois, zéro sourire.

Toutes des garces. On a trinqué à la santé des femmes de nos vies, Fred a sorti un troisième verre pour Matthieu qui a jeté son pardessus beige de prof d'histoire sur un fauteuil, dans un geste mille fois répété au cours des années. Lui-même avait un chagrin d'amour, comme toujours. L'immuabilité des choses nous a réconfortés et un peu déprimés. Je ne me souviens pas très clairement du reste de la soirée, je leur ai raconté pour Julie, ils m'ont conseillé de lui laisser de l'air, de ne pas l'appeler tout de suite, Fred a demandé si j'avais quelqu'un d'autre, évidemment, non, il a dit dommage, ça aurait aidé à réfléchir plus clairement.

Il n'y a rien à réfléchir, elle s'est barrée à l'autre bout du monde pour courir après un rêve qui n'existe pas et fuir une vie, la vie avec moi, qui ne lui convient pas. Santé.

— Peut-être lui écrire une lettre, non, c'est plus posé ?

Les idées de Matthieu. Fred s'est foutu de sa gueule, Matthieu s'est renfrogné dans son verre. J'ai souri. Pas si bête, en réalité, l'idée de la lettre. L'écrit, surtout l'écrit postal, est auréolé d'un charme un peu désuet, à cause de l'effort de l'écriture manuscrite puis du passage à la Poste, aussi à cause de l'odeur du papier et de la sensation toute particulière quand on déchire l'enveloppe. C'est ce siècle qui, en abolissant délais et distances, a rendu le papier à la fois inapte et noble.

— Tu as fait ça, toi, pour la dernière ?
— Florence. Oui.

Il avance le menton en disant ça. Matthieu a toujours élevé son romantisme au rang d'élégance, voire de dandysme, c'est la marque de la supériorité de son âme sur le monde.

— Ça n'a pas marché ?
— Non.

Le carré jaune des fenêtres

Fred a levé son verre.

— On aurait dû vivre ensemble tous les trois. Pas de femmes, pas de problèmes.

On a bu à ça. Bref, ils m'ont remonté le moral, un peu. J'étais trop bourré en rentrant chez moi pour sentir le vide laissé par Julie. Au réveil, j'avais une nouvelle idée, avec laquelle j'ai joué pendant quelques jours, quand même. Une semaine plus tard, j'étais dans l'avion pour JFK.

Je ne voulais pas y aller. Au début, j'avais l'impression de céder, je ne voulais pas, disons, lui courir après, disons, faire l'effort, mettre ma vie entre parenthèses, laisser tout en plan moi aussi pour me mettre à genoux, c'est elle qui est partie, ce n'est pas à moi de, et puis poser des jours, alors que, justement, on préparait les offres de Noël, et en suivant le renouvellement des licences d'exploitation pour l'année prochaine, et si elle voulait me voir, elle n'avait qu'à téléphoner, au moins téléphoner. Je ne voulais pas. Et puis, oui, mais qu'est-ce que ma vie ici sans Julie, oui, mais chaque jour qui passe, elle doit se dire que je n'ai toujours pas réagi, voire qu'au fond ça m'arrange bien, peut-être, je ne sais pas ce qui se passe dans la tête de Julie partie à New York sur un coup de tête. Même pas sur un coup de tête, d'ailleurs, elle a dit j'ai été prise à un cours d'art, ça fait donc des semaines et peut-être des mois qu'elle préparait ça en douce. Et elle ne m'a rien dit, et elle n'a rien laissé paraître, comment a-t-elle pu continuer notre quotidien avec l'idée de sa trahison. Et moi, je n'ai rien vu. Je l'imagine mal si bonne comédienne pour ne rien laisser paraître à chaque instant de tous les jours, il y a forcément eu des signes, c'est moi qui n'ai pas été très attentif, ces derniers temps. C'est vrai. Vrai aussi que je peux bien faire ça. Je veux dire, si on réfléchit deux minutes, évidemment que ça vaut le coup, les congés, le trajet, les excuses, les efforts, pour elle. Ça a duré une semaine comme ça, entre colère et culpabilité, et, finalement, je dois dire aussi que l'image de moi descendant la 5e Avenue pour la retrouver et elle me tombant dans les bras en pleurant un peu, en s'excusant peut-être, avec des taxis jaunes qui klaxonneront en passant à toute allure avant de disparaître dans Manhattan, avec l'Empire State en fond, j'avoue que cette image a joué. Je me suis retrouvé une semaine exactement après son départ dans un avion pour New York.

Arrivée JFK, 17 h 40. Huit heures de vol, six heures de décalage horaire. Antonin prend un taxi à la sortie de l'aéroport, il regarde par la fenêtre la silhouette de Manhattan qui approche, si familière, vue des dizaines de fois dans des films. C'est quand même quelque chose. Il se dit ça aussi en sortant du taxi, en récupérant sa valise à roulettes de représentant commercial, avant d'entrer dans son hôtel sur la 9ᵉ Avenue. Des deux côtés, le regard part à l'infini, avec des murs de béton et d'acier pour toute perspective. Pas vraiment de béton, en fait, des murs pas vraiment laids : façades de briques ternes et de pierres brunes à cette hauteur (il est au niveau de la 52ᵉ rue), devantures de restaurants et de bars au rez-de-chaussée. Feux rouges au-dessus des carrefours trop larges, comme dans les films, et rues à sens unique et à quatre voies de circulation.

L'hôtel est simple, Antonin s'écroule dans sa chambre après avoir trituré pendant quelques minutes le bloc d'air conditionné encastré dans la fenêtre. Pas moyen de l'allumer, et le chauffage central pulse à pleins tubes. On est en novembre, New York anticipe un hiver qui est déjà presque arrivé.

Antonin met plusieurs secondes à réaliser où il est. Ça fait toujours ça, les hôtels, surtout après un long voyage avec décalage horaire et poursuite amoureuse dans les jambes. Il sort de sa poche un papier soigneusement plié en quatre :

Astor Place School of Arts
295 Mercer Street
10003, New York, NY

Il est huit heures moins quelque chose à sa montre, Antonin descend au bar de l'hôtel pour un café allongé et un pancake fatigué aspergé de sirop de maïs. À 9 h 30, il hèle un taxi sur la 9e Avenue. Le taximan enturbanné slalome entre les grosses voitures américaines, n'abdiquant sa supériorité sur la rue que face à un énorme camion de pompiers rutilant qui hurle de s'écarter. Antonin se laisse guider, le visage collé à la vitre, Manhattan défile du nord au sud puis d'ouest en est. Le turban s'agite en se disputant, visiblement, dans son oreillette. La berline jaune s'arrête une bonne demi-heure plus tard sur Mercer Street, juste après Washington Square. Antonin serre dans sa poche le carré de papier, les yeux sur un immeuble gris et bas percé de fenêtres carrées. Un escalier de secours zigzague comme dans les films sur la façade. C'est la première fois qu'il en voit un, ils sont moins nombreux sur les avenues et dans Midtown en général, enfin, pour Antonin c'est comme la confirmation qu'il est bien à New York. Il froisse nerveusement les indications griffonnées, lui qui est si rarement nerveux d'ordinaire. Il a dû batailler pour que Rose lui donne l'adresse du cours. Il était retourné à la boutique le lendemain de sa cuite avec Fred et Matthieu, pas encore trop décidé sur le bien-fondé de ce voyage, mais enfin, autant commencer à se préparer.

— Elle t'aurait donné l'adresse elle-même si elle avait voulu être joignable. Elle t'aurait prévenu, aussi.

Comprendre, c'est pour te fuir qu'elle est partie, nigaud, toi et la vie que tu as fini par représenter. Pour te fuir et pour te quitter, mais ça, il ne se le dit pas sur le moment, je n'étais pas capable d'envisager cette réalité, tu comprends, Julie me quitter, c'était impensable.

— Justement.

Elle a haussé un sourcil. Je ne savais pas bien pourquoi, justement, je voulais lui montrer que non, je n'étais pas synonyme de tout ce qu'elle voulait changer, il ne faut pas jeter le bébé avec l'eau du bain ou je ne sais pas, et merde, je voulais juste la récupérer, comment faire sinon en y allant ?

Ce n'est qu'à ce moment-là qu'Antonin se rend compte qu'il n'est pas dix heures, qu'il fait le pied de grue devant l'immeuble de la School of Arts et qu'il ne sait pas quoi faire maintenant. Décalage horaire, fébrilité, ou autre, je n'y avais pas réfléchi. Il ne peut tout de même pas débarquer comme ça au milieu du cours, même après 6 000 kilomètres au-dessus de l'Atlantique. À quelle heure ça peut se finir, un truc pareil ? Il n'a pas l'adresse de Julie, elle ne savait pas où elle allait loger en partant. Rose ne l'a eue qu'une fois au téléphone à son arrivée, d'un petit hôtel dans Chinatown.

Antonin prend la 8e rue, c'est un détour, il finit par déboucher sur Washington Square, il demande un café à un vendeur ambulant de bagels et de hot-dogs, il s'assoit sur un banc. Il fait plutôt beau, mais froid, déjà, les premières neiges ne vont pas tarder. Il reste là un bon moment en sirotant son café trop allongé, il a commencé par faire le tour de la place, il y a un vide dans le paysage, derrière les immeubles, vers le Sud à l'emplacement des Tours, le nouveau World Trade Center n'est pas encore en construction à l'époque. Antonin ne s'en rend pas compte, mais il sait qu'il devrait voir les silhouettes jumelles, comme tout le monde quand il vient à New York. Il admire la perspective de l'Empire State Building sous l'arc de triomphe de Washington Square, c'est quelque chose, quand même, on en fait tout un plat, mais c'est quand même quelque chose. Assis, il observe les jeunes qui vont par grappe entre les bâtiments de NYU. Un peu avant midi, il finit par se lever, repart dans l'autre sens, vers l'Est, se laisser couler le long des rues rectilignes jusqu'au Washington Bridge. J'en garde un souvenir assez net, le pont et puis Brooklyn au-delà, c'est un instant de carte postale, les piles gigantesques, les câbles de métal qui dessinent les points de fuite, la voie piétonne large et les voitures en dessous. La Watch Tower là-bas, côté Brooklyn, avec son gros néon rouge, le siège des témoins de Jéhovah, les mêmes qu'on voit à l'entrée du pont avec leurs pancartes sur le vrai message de la Bible. Et surtout, évidemment, arrivé à mi-chemin du pont en s'écartant tous les cinq mètres pour laisser passer les vélos à toute allure, le profil de Manhattan vu du dessous. D'abord, la masse étonnamment harmonieuse des gratte-ciels du Financial District, à gauche la statue de la Liberté toute petite, et des bateaux, une grande voile, on se demande ce qu'elle fait là. À droite, l'enfilade des ponts sur l'East River,

Le carré jaune des fenêtres

Manhattan fait face à Brooklyn. Antonin reste là longtemps, de toute façon il n'a rien à faire, c'est beau, alors autant en profiter, il a envie de prendre des photos, il n'a même pas pris son appareil.

En descendant du pont, en prenant à gauche pour traverser une place avec un danseur qui s'accompagnait d'un gros ampli monté sur chariot, Antonin ressent quelque chose qui ne vient pas de ce qu'il voit. Il ne sait pas bien ce que c'est d'abord, quand il s'engage vers les rues strictes du quartier des affaires. Il remonte son col, le vent s'engouffre dans les artères trop droites, il commence à faire froid. Je me rappelle de ça, tu sais, cette impression, comme une odeur juste hors de portée, qui n'a pas lieu d'être ici, rien à voir avec le maïs grillé des vendeurs ambulants, on sait que ça vient de l'intérieur, l'odeur d'un souvenir qui tarde à éclore. J'ai ralenti pour le laisser approcher, pour ne pas l'effaroucher, aussi, c'est comme ça, les souvenirs, il ne faut pas courir après, sinon on s'agite et ils disparaissent, il faut se laisser faire, comme quand on attend qu'un papillon se pose sur notre main. Vraiment, je ne sais pas pourquoi j'ai pensé à ça, là, maintenant, en traversant une place pleine de monde au milieu de New York inconnue, je me suis revu, je devais avoir une dizaine d'années, dans une petite rue résidentielle vers Convention. On habitait là quand j'étais petit, avant que les parents ne déménagent et quittent Paris pour la province. La rue n'avait rien d'exceptionnel, ni l'appartement ni mon enfance de manière générale. Je ne suis pas nostalgique de cette période de ma vie comme beaucoup de gens, pas de tragédies, simplement pas spécialement de bonheur non plus. Rien à en dire, si tu préfères.

Pourtant, là, devant le City Hall de New York, c'était un bon souvenir, la rue Saint-Lambert, l'appartement au troisième étage sans ascenseur, mon vélo rouge dans la cage d'escalier, tout ça et une foule de détails que je croyais disparus. J'ai compris plus tard, devant le célèbre et plutôt laid Wall Street Bull, que ce n'était pas mon enfance qui me manquait, mais la routine de l'époque, quand les jours se fondaient les uns dans les autres dans un flou plus ou moins rythmé par les vacances scolaires. La routine protectrice de l'enfance, la routine originelle qu'on ne retrouvera jamais dans la vie. Dès le départ, tu vois, la routine. Peut-être que j'ai toujours aimé ça alors, au fond. Je ne saurais pas dire si c'est tout le monde pareil, je demanderai à ta mère.

Évidemment, pour l'instant c'est à elle qu'il pense, Antonin, en sortant d'une chaîne de restauration rapide pour jeunes cadres dynamiques qui mangent sur le pouce avant de retourner décrocher les étoiles du business dans les immeubles autour.

Le reste de l'après-midi, il erre à la pointe sud de Manhattan sans trop voir ce qu'il voit, enfin, je me rappelle quand même de la sculpture en forme de globe qui était autrefois au pied des Tours, et puis bien sûr de Ground Zero et des centaines de noms gravés. Il manquait l'insouciance du touriste, le on est bien là, quand même, c'est impossible quand on attend quelque chose. À 17 heures, Antonin se retrouve devant la School of Arts à nouveau, dans le froid et la grisaille. Aucune idée de l'heure à laquelle le cours se termine, autant être là tôt pour ne pas la rater. Et après, quoi, qu'est-ce qu'il va lui dire ? Il se fait des films dans sa tête, différents scénarios sont étudiés, à vrai dire, ils finissent tous assez mal, peu probable que Julie apprécie de le voir débarquer comme ça. Il avisera, de toute façon, on verra en fonction. Il attend, j'étais anxieux, ça, je m'en souviens. Julie, qu'allons-nous devenir ?

Elle a fini par sortir, avec une poignée d'étudiants comme elle, je suppose. Elle portait un manteau que je ne connaissais pas, ça m'a fait bizarre sur le coup, quand on vit ensemble, ça n'arrive pas. Elle s'est arrêtée au milieu de la rue et de sa phrase. Puis elle a salué les autres de la main et a traversé pour me rejoindre. Elle m'a souri un peu, sans m'embrasser.

— Tu es venu.
— Eh oui.
— Rose ?
— Bien sûr.
— Bon. Suis-moi, alors.

On n'a pas parlé sur le chemin, je la suivais dans les rues remplies à cette heure, des gens pressés, j'ai lu 8th Street sur un panneau, Astor Place avec des grandes vitrines de magasins pleins de lumière et une station de métro. À un croisement, 9th et 3rd, comme on dit, je le sais maintenant, elle est entrée dans un restaurant japonais plutôt chic. Trop tôt pour dîner, enfin, je suivais sans me poser de questions, de toute façon, j'étais tout occupé à me demander comment ça allait tourner. Quelques marches, une petite porte toute simple, Julie est entrée dans un grand bar à l'étage, avec boiseries sombres et estampes aux murs, des fenêtres basses et larges sur la rue, un grand comptoir laqué très brillant.

Sur des cartes élégantes, « The Angels' Share ». Je n'ai pas su si elle voulait m'impressionner, me montrer combien elle s'était bien adaptée en découvrant cet endroit caché, ou juste me montrer un bar qu'elle aimait bien. Bref.

— Et maintenant ?

— Je ne sais pas. Raconte.

On a commandé des cocktails aux noms évocateurs, Mack the Knife, Black Flag, raffinés, chers. J'attendais la suite. Elle avait quelque chose de changé, c'est ridicule de penser ça, ça ne faisait que quelques jours en réalité, n'empêche.

C'est génial, ici. Tout à fait comme on imagine. Une ville pleine d'énergie, qui demande aussi beaucoup. Je vis pas loin, dans le Village, les autres ont dit que c'était une valeur sûre, Williamsburg est dépassé, les artistes sont à Bushwick aujourd'hui, et encore, et de là, on ne sait pas. Bref. Les cours sont géniaux, je rencontre beaucoup de gens, c'est génial de pouvoir échanger comme ça, Esther travaille avec de l'étain sur des toiles en alu, un peu comme mes plombs, tu sais, on prépare une exposition aussi pour la fin du semestre.

— Tout était génial. Parfait.

— Tu ne pouvais pas échanger à Paris ?

— Si, mais ici ça n'a rien à voir, tu comprends.

Je ne comprenais pas. J'ai continué à la faire parler, comment tu as trouvé le cours, tu vis seule, non, en colocation, d'accord. Je ne m'attendais pas à ça, parmi les scénarios joués dans ma tête ces derniers jours, il n'y avait pas cette version. C'était presque pire, en fait : Julie heureuse, surexcitée par sa petite aventure, pas un mot sur moi, je ne sais pas ce que j'aurais attendu, d'ailleurs, une facette d'elle que je ne reconnaissais pas, en tout cas, très éloignée. Elle parlait à un ami, quand j'y pense, c'est comme si elle parlait à un vieil ami, aucun geste vers moi par-dessus les cocktails, le regard pétillant sans me regarder vraiment sous les abat-jour verts, j'aurais aussi bien pu être Rose ou Fred.

— Tu ne m'as rien dit.

Silence, elle me regarde pour la première fois. L'air peiné de qui fait preuve d'empathie, comme on regarde quelqu'un d'un peu faible, d'un peu incapable de comprendre. J'étais englué dans des considérations si lointaines, si petites, si bêtement banales, qu'elle avait dépassées depuis longtemps.

— Tu aurais voulu m'empêcher de venir.
— De partir. Oui, sans doute. Même.

De partir, pas de venir, la perspective déjà inversée. Je me suis dit que c'était la dernière fois. Il y a eu quelque chose d'amer dans ma gorge, avec l'envie de tout envoyer valdinguer pour qu'on en finisse, déjà un sourire douloureux au coin des lèvres quand j'allais dire je ne sais quoi d'irréparable.

— Il faut que tu me laisses aller au bout.
— Je ne savais pas que j'avais le choix.

Elle balaie l'air d'un geste agacé.

— Je n'en pouvais plus de la petite routine à Paris, la boutique, les amis, tous les jours pareils. Ici, c'est ma chance de devenir une artiste enfin, tu vois ?

J'ai cru entendre un léger blanc, après les amis, dans la liste de la routine pesante, il y avait une place pour moi, aussi. Il ne fallait pas y penser, pour une fois écouter vraiment ce qu'elle disait.

— C'est la routine si tu le veux bien. Ici aussi, pareil. Sauf que c'est nouveau, mais dans trois mois, tu seras habituée, même appart, mêmes trajets, mêmes horaires.

— Et l'opportunité d'être un peu connue ?

J'ai haussé une épaule, mouais, argument de vente d'un cours d'art de seconde zone, ça se saurait. Je n'ai rien dit, j'ai fini mon verre. Bon. Il fallait voir les choses en face, je me suis dit ça, Antonin, vois les choses en face, elle ne veut rien entendre, tu ne la ramèneras pas. Bercée d'illusions.

— OK.

Le plus étrange, c'est que tout ce que je ressentais a disparu d'un coup, colère, peine, trahison, haine peut-être, rien, une paix raisonnée et un peu condescendante, l'adulte qui laisse couler, tant pis, elle verra d'elle-même. Le lendemain, j'étais dans l'avion. Mêmes émotions souterraines, parce que légèrement inavouables, un peu plus amères, un peu plus la pointe d'un sentiment d'échec. Retour au bercail la queue entre les jambes. J'ai dormi à l'hôtel. Pas un baiser, rien, moment cuisant quand je suis parti, à l'instant où il aurait fallu. Tant pis, je me suis enveloppé dans la certitude du sacrifice consenti pour sauver mon couple, c'était faire ce qu'il faut, peu importe ce que ça coûtait. L'échec racheté par la noblesse. Encore trois mois à tirer, elle a intérêt à rentrer à la fin de son cours.

C'est étrange de me rappeler ces évènements aujourd'hui, ça et l'époque qui a suivi, l'hiver où j'ai attendu ta mère. Étrange et un peu dangereux, peut-être, de remuer comme ça les territoires sombres de notre histoire. Enfin, ça fait partie de nous, d'une certaine façon, au même titre que le plus lumineux, ce serait mentir que de l'effacer.

Une fois rentré, j'ai regretté d'être parti. J'aurais dû tenter d'en savoir plus sur les tenants et les aboutissants de cette affaire : partie pour poursuivre son rêve, d'accord, mais je ne saisissais pas bien dans quelle mesure tout ça était lié à moi. Elle aurait pu se contenter de vendre ses parts de la boutique, par exemple, prendre de la distance, pas besoin d'aller jusqu'à l'exil. Rester pour tenter de la marquer plus, aussi, que mon séjour laisse une trace plus profonde, j'étais parti pour la reconquérir, au départ. Au passage, signaler à sa joyeuse bande d'étudiants qu'elle était non pas mariée, mais tout comme, que j'étais là et bien là, forcer peut-être un peu le trait du couple longue distance serein et capable de gérer, ce qu'en l'occurrence, on n'était certes pas. Et puis non, trop peur de revenir sur ma décision de ne pas m'interposer, conscient qu'il fallait à tout prix éviter une situation de type ton rêve ou moi. Peur que ça dérape. Résultat, je te l'ai dit, retour au bercail, trois mois à tirer. Trois mois d'hiver qui me laissent un souvenir assez étrange, à la fois assez flou, comme d'une seule traite, sans relief tant j'étais tout entier concentré sur l'issue, et puis assez agréable, en un sens. Un épisode particulier de ma vie, une parenthèse, un mode de vie de vieil adolescent à la dérive que je n'ai connu qu'à ce moment-là. J'ai passé beaucoup de temps avec Rose, elle avait besoin d'aide au cabinet, j'y allais le week-end. C'est bien parce que je crois qu'elle avait peur que notre regard sur elle change, après ses grandes révélations. Les affaires n'étaient pas bien brillantes, Rose n'osait pas prendre de

Le carré jaune des fenêtres

grandes décisions, comme organiser des évènements ou que sais-je, trop renouveler le stock, sans Julie. Elle insistait pour réserver sa part à ta mère, un peu envers et contre tout. Il m'est arrivé une ou deux fois de glisser quelques billets dans la caisse. Elle ne disait rien, l'honneur était sauf.

Je dois dire que j'ai de plus en plus de mal à t'écrire. Je fatigue, je faiblis. On a arrêté la radiothérapie jeudi dernier, pourtant, j'ai vu le docteur Gentiane comme d'habitude dans son bureau.

— Maintenant, Monsieur Delaitre, on attend. On consolide nos positions. On guette. Vous repassez me voir jeudi prochain, hein, on surveillera les mouvements de l'ennemi. S'il bouge, on réagira. C'est l'heure de la contre-attaque, Monsieur Delaitre. Allez, rentrez chez vous. Embrassez bien votre femme, mesurez la chance que vous avez d'être capable encore de rentrer par vous-même et d'accueillir la petite femme le soir. Allez, à bientôt, Monsieur Delaitre.

Toujours le mot du réconfort, Gentiane. En tout cas, j'ai plus de temps. Enfin, je dors beaucoup, encore plus que pendant le traitement, c'est normal, paraît-il, le corps récupère. J'ai des migraines aussi, pareil, il s'agit d'un effet secondaire classique, des petits œdèmes cérébraux, je crois, enfin, si ça empire, je dois en parler à Gentiane. J'ai mal aux bras ou aux jambes, d'un seul coup, comme des crampes, je m'arrête au milieu du couloir, la jambe tendue qui ne veut plus obéir. Et puis je t'attends, tous les jours. Je regarde les photos de l'échographie, elles sont accrochées au mur de mon bureau, comme ça, j'ai l'impression de te parler quand j'écris.

Le carré jaune des fenêtres

En réalité, je vois bien que c'est surtout pour moi que j'écris, peut-être pas surtout, c'est aussi pour moi, disons. À l'origine, je voulais te glisser tout un tas de conseils essentiels sur la vie, illustrations à l'appui : profite des gens que tu aimes, fais tes devoirs, apprends à jouer d'un instrument, sois gentil avec les filles, le corps d'une femme est un territoire sacré, lave-toi les dents soir et matin deux minutes, enfin, ce genre de choses. Finalement, je déroule ma vie, toutes les erreurs qu'on a pu faire. Ce n'est sans doute pas sain que tu lises tout ça, un fils n'a pas besoin de tout savoir sur ses parents. Enfin, tant pis, trop tard. Tu jugeras.

Pour le reste, du moins pour ce que j'aurai le temps d'écrire avant que, ce sera pire encore. J'hésite, parfois, de plus en plus, entre les phrases. Je vais avoir du mal, comment se livrer à son enfant sans se dissimuler, comment trouver le courage de t'avouer mes fautes ? On verra. Et par-dessus, toujours, l'espoir un peu fou de te voir arriver.

Ta mère a fini par rentrer. Entre-temps, j'étais passé par toutes les couleurs de l'arc-en-ciel : des nuits à frapper l'oreiller de rage qu'elle soit si loin, qu'elle soit partie, qu'elle m'ait quitté, des jours à me plonger jusqu'au cou dans le travail pour m'occuper l'esprit, des soirs avec Fred et Matthieu, à rentrer tard et ivre, à se dire peut-être, peut-être que ce n'est pas si mal. Peut-être qu'une vie existe, sans Julie. Je regardais les femmes dans la rue un peu différemment, avec un petit bout de possible dans un coin de la tête. Enfin, elle a fini par rentrer, à la fin de l'hiver, comme une sortie d'hibernation. Ça a été long, le retour, il a fallu se réapprivoiser. Plus difficile encore, pour elle, la culpabilité en plus, envers moi, envers Rose, la honte que ça n'ait pas marché, de s'être trompée, tout ça pour rien.

— Ça n'a pas marché.

Nous sommes dans la cuisine, comme mille fois avant, mais c'était autrefois. Les gestes sont plus lourds, quelque chose d'hésitant, les limites entre nos corps sont brouillées. Elle est rentrée hier, j'ai dû aller travailler, j'aurais voulu rester. Elle est passée à la boutique, apparemment. Rose doit encore la mettre au courant de l'état des choses, je sens qu'elle voudrait reprendre sa place comme si de rien n'était et qu'elle se demande si ce sera possible. Je ne sais pas si c'est pareil pour moi, je ne sais pas si elle veut reprendre sa place, ni d'ailleurs si cette place existe encore. On fume, la fenêtre est ouverte, deux verres sur la table. Elle a un air de défaite, je me rends compte qu'elle, qu'on, a vieilli. Elle ne ressemble plus à Natalie Portman, plutôt un genre de Jodie Foster dans *Le Silence des Agneaux*.

— Et l'exposition ?

Trois jours dans les locaux de l'école. Cinquante personnes au mieux. Neuf sur dix étaient des amis des étudiants. Aucune vente.

— Et le cours ? Et des contacts ?

— Tu parles. Donnez votre dernier chèque et bye-bye.

— Je suis désolé.

Elle tire sur sa cigarette, je vois bien qu'elle voudrait dire c'est moi qui suis désolée, pardonne-moi, embrasse-moi, effacer l'espace et les barrières entre nous. Elle n'y arrive pas. Pas encore. Et moi, je n'y arrive pas non plus, j'ai déjà fait l'effort, trois mois que je fais l'effort, je ne peux pas faire ça à sa place.

— Et toi ?

— Oh, pas grand-chose.

Deux chiens de faïence. Et le soir, je me vois faire plus que je ne le décide, je me tourne de l'autre côté, pas de bisous, pas de bonne nuit. Je me dis que c'est un peu injuste de la faire payer, après avoir accepté les choses au bar The Angels' Share, New York, il y a mille ans.

Ça a fini par reprendre son cours. Je ne sais pas bien comment, la première fois qu'on a fait l'amour, le premier restaurant, le premier vrai rire partagé.

Le carré jaune des fenêtres

Je me souviens que ce n'était pas si mal, tout compte fait. On se séduisait, un nouveau départ, le genre de choses que je me disais et qui n'étaient pas tout à fait vraies : on ne remet jamais les compteurs à zéro. On a repris le cours de nos vies, j'ai tâché de faire plus attention à Julie, de jeter un œil de temps en temps au baromètre de sa frustration. Elle faisait de son mieux pour le cacher, je voyais bien que ça n'avait pas disparu, impossible de masquer une douleur qui refait surface n'importe quand, comme ça. Je la surprenais le matin, la main suspendue à mi-chemin avec une tasse de café pas encore bue, ce genre de détails, des soupirs inexpliqués, une lassitude dans les traits. Et après, une longue période de vie, ou de calme, ou de plat, bref, d'aveuglement, en réalité. Ensuite, tout s'est délité une nouvelle fois.

Je ne me souviens pas ce que j'allais te dire ensuite. En fait, je ne me souviens pas de grand-chose pour les dernières semaines. Ta mère est venue me voir à l'hôpital aujourd'hui. J'ai bien vu que ma tête lui faisait peur, je suis à faire peur. Elle vient tous les jours, je lui dis que ce n'est pas la peine, repose-toi, va t'allonger, ma chérie, une femme enceinte ne peut pas être à mon chevet tout le temps comme ça, elle n'écoute pas. Elle n'ose pas le dire, mais ce n'est pas que pour moi, elle vient parce qu'elle ne sait pas dans quel état je serai demain ni même si je serai encore là demain. Je crois qu'elle s'entraîne, à chaque fois qu'elle part, qu'elle se dit que c'est peut-être la dernière fois, du moins que je ne serai peut-être plus capable de lui répondre, de la regarder, de lui faire mon sourire en biais. Très étrange sensation que d'essayer de sourire. À droite, ça réagit, mes lèvres s'étirent et s'ouvrent, elles ont l'illusion d'être charmantes encore, elles y croient, les pauvres. Côté gauche, rien, silence radio, électro-encéphalogramme plat. Hémiplégie, tout le côté gauche a tiré sa révérence. Bye-bye, rendez-vous à jamais.

— Je suis comme Double-Face.

Plus dur que de sourire, faire sourire ta mère. Je veux dire, vraiment, autrement que le sourire un peu feint qu'elle a en posant sa main sur ma joue, la joue valide.

Le carré jaune des fenêtres

Un sourire très doux, d'ailleurs. Moi je ne suis pas trop déprimé, sauf un peu le soir. Quand je dis le soir, c'est après dix-huit heures, rythme d'hôpital ou de maison de retraite. Le docteur Gentiane passe tous les matins, aussi.

— Alors, moussaillon ? Quelles nouvelles du front ?

Il est plus familier maintenant que je suis hospitalisé, plus de Monsieur Delaitre, j'ai rejoint le troupeau de ses ouailles.

— Allez, il faut tenir, on ne lâche rien, surtout. Miss Daisy viendra vous voir tout à l'heure.

Miss Daisy, l'infirmière, mon ange britannique de 100 kilos, tout sourire sous son duvet de moustache, l'œil plein d'intelligence et vide de toute pitié. Endurcie, parfaite, Miss Daisy.

J'ai demandé à Julie des feuilles et un stylo. Coup de chance, tumeur à droite, glaciation du corps à gauche, main valide hésitante, mais fonctionnelle. Tu auras du mal à me relire, peut-être. Pardon, je sens bien que je perds un peu le fil de ce que j'écris. J'ai du mal à me concentrer, je dois avoir un demi-cerveau, aussi. Les journées sont courtes, blanches, toutes semblables. Ta mère me pousse en fauteuil dans le petit parc, c'est bien, je prends le soleil. Je me demande si le côté gauche va bronzer.

Il y a quelque chose d'agréable à ma situation, étonnamment. J'en avais peur, c'était la grande décrépitude finale, maintenant, je trouve que ça a un petit goût de vacances, des vacances très particulières et cotonneuses. Quelque chose de flottant, comme dans le *Détruire, dit-*

elle de Duras, au début, avant que le brouillard ne devienne glaçant. Je ne m'occupe de rien, je dors tout le temps, je prends le soleil, j'essaie de faire bonne figure devant Julie, je fais le pitre, je regarde la télé. La clé, c'est de ne pas trop penser à l'avenir. Si on ne réfléchit pas, on pense par habitude qu'on va finir par rentrer chez soi, c'est bientôt la rentrée des classes. Bien sûr, ce n'est pas si simple, surtout le soir, surtout quand Julie repart et que je la sais seule chez nous. Hier, elle n'a pas pu s'empêcher de pleurer. Hier ou avant-hier, je suis un peu perdu, l'autre jour. J'ai l'impression de l'abandonner, alors qu'on devrait être deux à t'attendre. Quand je pense à toi, aussi, c'est dur. Cette fois, il faut se rendre à l'évidence, je ne te verrai pas. Tu naîtras dans une chambre d'hôpital toute pareille, mais j'aurai déjà rendu les clés de celle-ci. Quelqu'un d'autre emmènera Julie à l'hôpital, Fred, Rose. L'espoir s'éteint.

Quoi d'autre, Matthieu est parti, un peu avant mon hospitalisation. Rennes, nouveau poste, nouvelle vie, très bien, je dois m'habituer à l'idée que je ne le reverrai pas. Il a dit qu'il passerait me voir, quand il a su pour l'hospitalisation, qu'il avait beaucoup de travail pour la rentrée. Il ne viendra pas, bien sûr. Ça ne me dérange pas, je sais qu'il serait mal à l'aise, je le connais, mon Matthieu, inapte à gérer des situations de ce genre, trop d'émotions contradictoires pour lui. Je ne lui en veux pas, chacun fait comme il peut face à la mort, j'ai conscience d'être un de ses plus chers amis, peut-être plus que Fred, je suppose qu'on se comprend mieux, leur relation diamétralement opposée aux femmes a toujours été sujet d'incompréhension, voire de réprobation mutuelle. Fred, en revanche, oui, passe me voir, une fois par semaine, le dimanche après-midi, en général. Souvent, ta mère est là, elle prétexte une course à faire et s'éclipse pour nous laisser tous les deux, je lui dis d'aller se reposer, prends soin de toi, quand même. Fred me sort, on s'assoit à une table en plastique blanc, il écarte une chaise pour faire de la place pour mon fauteuil. Je lui ai fait la blague de Double-Face, il a rigolé. Il a dit Professeur X, plutôt, rapport au fauteuil, rapport aux cheveux, aussi.

Ça, il ne l'a pas dit. On regarde les arbres, les petits vieux qui prennent le soleil, ils ne sont pas tous vieux, d'ailleurs, enfin, à l'hôpital, dans le service de cancérologie, on est tous des petits vieux. Il tire une flasque de sa veste qu'il me refile discrètement. Ma dose hebdomadaire de whisky.

— Il faut vivre.
— Tant qu'on peut.

Il sourit, on trinque, il a aussi amené des petits gobelets en plastique. Fred comprend, je crois. Plutôt, il ne cherche pas à comprendre, à se mettre à ma place, que sais-je encore que tous les autres essaient de faire et qui leur donne des yeux de chien battu. Fred, solide accolade, prudemment viril, Fred, distant comme toujours, pudeur d'homme.

— T'as pas grossi.

Il doit me sentir fondre en me tapant le dos, semaine après semaine.

— On va accrocher un cerf-volant à ton chariot, tu vas t'envoler.

Le carré jaune des fenêtres

Tout juste s'il n'organise pas des courses de fauteuil avec les autres patients.

— Et toi ?

Mine assombrie, d'un coup, regard plongeant dans son gobelet. Tous signaux au rouge. Que ne m'as-tu rien dit, Fred, pourquoi me protéger comme ça ? Je m'inquiète déjà pour moi-même et pour Julie (et pour toi), je peux bien supporter ça en plus.

— Je ne sais pas bien. Depuis le divorce, ça ne va pas fort. Mon deuxième divorce, quand même. Ça fait au moins deux de trop.

Je me suis dit, Fred, serait-ce ça, ton drame existentiel, après toute une carrière de coureur de jupons ? Les gens sont étonnants, les aspirations profondes sont parfois les plus surprenantes. Ou peut-être désire-t-on toujours ce qu'on n'a pas.

— Enfin, ce n'est pas si grave.

Toujours ce réflexe dans mon entourage, se dire ça pourrait être pire, regarde Antonin. Et s'excuser presque de souffrir à côté de moi, comme si la maladie surclassait tout, c'est indécent de s'apitoyer auprès d'un mourant.

— C'est grave si tu trouves ça grave.

— Oui, oui, je veux dire, ça pourrait être pire, si tu veux. Il faut aller de l'avant, et puis je ne vais pas si mal.

— Ça peut toujours être pire. On pourrait être sous les bombes, ça ne veut rien dire, ça pourrait être pire.

— Pas faux. Alors au pire.

On trinque à nouveau, plastique contre métal. Au pire, au pire qui nous grignote.

Le carré jaune des fenêtres

La vie est une garce.

Ça me fait du bien de voir Fred. Il a cette capacité à regarder la débâcle de nos vies bien en face. Je ne peux m'empêcher de le voir seul sur le pont d'un bateau, face au naufrage, un whisky à la main, droit dans ses bottes, vas-y, je t'attends. Les autres, non, j'exagère, bien sûr, disons, les autres, moins. Y compris ta mère. Évidemment, ça me fait du bien de la voir, je suis infiniment reconnaissant des efforts qu'elle fait pour venir presque chaque jour, malgré la grossesse, entendons-nous bien, mais les autres me renvoient toujours à l'horizon indépassable de la maladie. Quelque chose dans leur regard sur moi, et dans mon sourire vers eux, aussi. Plus que jamais, la solitude, je me sens loin, je me sens dans un voyage en solitaire, je suis à la dérive et personne pour me lancer un bout de corde. Tant pis.

Comment ça s'est passé, ensuite ? L'illusion du début, les semaines, les mois après le retour de Julie, croire qu'on irait de l'avant. Erreur, évidemment, grossière erreur ! Petit à petit, comment dire, l'impression d'une distance, pas vraiment un fossé, un fossé, c'est déjà quelque chose, il faudrait un vrai élément de négativité entre nous, plutôt un no man's land. Inexplicablement, inévitablement, je voyais ta mère comme de plus en plus loin et floue. Nous vivions ensemble, se frôlant comme sans jamais se rencontrer. C'est la confiance, je crois, qui était perdue. Le couple : confiance, estime, tendresse, projets. Et d'autres choses encore, peut-être, au creux des petits riens où se cache l'amour. Julie est partie à New York, elle a arraché ses projets aux nôtres, elle a abandonné le navire et depuis son retour, je n'ai jamais vraiment eu de nouveau confiance. Toujours une retenue, une part de mon esprit pour me tirer par la manche si je rêvais pour deux, à nouveau. Alors a commencé le temps de la fin de nous.

Le docteur Gentiane est entré dans ma chambre, comme tous les matins. Passage en revue des troupes.

— Un nouveau jour au paradis, hein, soldat !

Le carré jaune des fenêtres

Voilà, si l'on veut. Après son départ, j'ai tout le loisir de retourner à mes rêveries avant la visite de l'adjudant Miss Daisy, mon ange XXL d'infirmière.

Il y a eu nos dix ans. On regarde en arrière, évidemment. On n'aime pas trop ce qu'on voit. Il y a les regrets. Quand même, même à ce moment-là, tout n'est pas à jeter, on se refait le film, les images sont un peu passées, parfois, un peu floues, les soirées d'amitié de notre jeunesse, comme le soir où j'ai fait passer les photos de Clichy-Montfermeil, les matins de coton et de café dans la lumière de la Cabine sous le ciel, et puis les jours, les jours, les jours dépensés les uns après les autres. Tout ce qui s'additionne, égale notre vie.

Il a fallu organiser, bien sûr, trouver un lieu. Naturellement, l'appartement rue Pache était trop petit, et puis trop ordinaire, on voulait marquer le coup. C'est Fred qui a eu la solution.

— Allez, rue de Turenne.

— Quoi, rue de Turenne ?

— La galerie.

— Oui ?

— Ce n'est plus une galerie, tu sais bien.

En résumé, la galerie qui avait abrité la première et seule véritable exposition de ta mère avait fermé peu de temps après. Les gars ont trouvé une marque de vêtements, jeune et branchée, pour reprendre le bail. L'affaire a périclité, puis le rez-de-chaussée a été rattaché au reste des murs dans la main d'un fonds d'investissement, quelque chose comme ça. L'ensemble a eu plusieurs propriétaires au fil des ans, toujours des placements. Aujourd'hui, l'espace commercial abrite un comptoir spécialisé dans le saumon, genre bio, bon et cher, et les étages sont gérés par… Fred, avec un ou deux associés. Le dernier étage est vacant en ce moment. Fred nous a fait visiter un soir après la fermeture de la boutique, c'est à deux pas : parfait, grand, beaucoup de volume sous plafond et surtout, une terrasse spacieuse. Problème réglé. Pour le reste, pas la peine de t'embêter avec des détails, d'autant qu'on a pu compter sur le goût et le sens de l'organisation légendaires de Julie pour tout préparer à la perfection. Nous voici donc le jour J, tout endimanchés dans le grand appartement presque vide, on avait transvasé la quasi-totalité de notre cuisine, monté trois ou quatre grandes tables sur tréteaux et une petite myriade de chaises. Merci, Matthieu, pour son aide dévouée. Enfin, nous en étions là. Cigarette sur la terrasse, Julie repassant une dernière fois dans sa tête la liste des choses à faire : tout était prêt. Le calme avant la tempête.

— Dix ans.
— Pas mal, hein ?
— Je t'aime.

Bien sûr que j'étais sincère, j'ai toujours aimé ta mère, aujourd'hui plus que jamais. Pourtant, déjà, dans le repli du mot, une comparaison secrète, le je t'aime d'aujourd'hui est-il le même que ceux d'il y a dix ans ?

Ça n'a aucun sens, bien sûr, évidemment, non, heureusement, non, entre temps, combien de larmes, de trains passés dessus, et aussi de rires, de rêves mûris ensemble ? Les je t'aime après dix ans ont le poids de l'âge sur les épaules, ils ont peut-être perdu leurs ailes, mais enfin, ils ont du plomb dans la tête, ils savent ce qu'ils

Le carré jaune des fenêtres

sont et ce qu'ils veulent dire. J'étais pris dans ces considérations plus ou moins futiles quand j'ai regardé ta mère, vague sourire et repos du guerrier. Est-ce qu'elle pense la même chose ? Comment savoir, comment pénétrer son esprit derrière le visage et les mots ? Comment lui dire ce que, moi, je ressens ? L'éternel problème, tout le monde, toujours, observe les autres par le carré jaune d'une fenêtre, la nuit.

Tout le monde est arrivé, la fête a commencé. Rose, Matthieu, Fred, évidemment, on avait même invité Marilou qui n'a pas pu venir de Toulouse, Fred avec sa seconde femme, des amis, des artistes avec qui Julie travaille, quelques collègues, enfin, du monde.

Champagne, discours très drôle de Fred, quelques mots émus de Matthieu, Rose a refusé de se prêter au jeu en rougissant, émotion. Au bout d'un temps, je me suis réfugié sur la terrasse avec un verre, j'ai toujours eu du mal à rester longtemps au milieu de gens. Dix ans.

Nous avons dansé, bien sûr, je ne sais pas danser, jamais su, mais en de grandes occasions, j'accepte de me ridiculiser pour la bonne cause.

— Fais-moi danser, Antonin.

Grand talent de Julie, tout entier contenu dans cette phrase, « fais-moi danser », Antonin, emmène-moi au restaurant, fais-moi l'amour. Au centre de la pièce, entre le parquet ciré et les moulures du plafond, je me suis dit j'ai de la chance, tout de même. Merci, Julie, merci.

— Embrasse-moi.

Elle a murmuré, j'ai fondu.

Il y a des moments, fils, qu'il faut garder, parfois qu'il faut couper du reste, chirurgie de la mémoire pour éviter leur contamination par la boue qui les entoure. En l'occurrence, la boue est venue plus tard. Les autres ont rejoint la danse, Fred, magistral, Matthieu s'est décidé à inviter ma collègue Stéphanie (s'ensuivra une brève histoire passionnelle, que Matthieu fera dûment exploser en vol). Nous avons bu, pas mal. En bons hôtes, Julie et moi allions de cercle en cercle. J'ai fini par m'échapper à nouveau sur la terrasse avec Fred.

— Tiens, mon gars.

Il a sorti une flasque de sa veste, bien avant les visites dominicales à l'hôpital.

— 25 ans d'âge, je le garde éloigné de la plèbe.

Feu d'ambre dans ma gorge, merci, mon frère.

— Félicitations, mon gars. Coup de vieux ?

— Coup de vieux. Merci.

— Tu sais, Julie et toi… Même avec New York, même avec sûrement tout le reste.

Pause. Gorgée de whisky, Fred, toujours mal à l'aise avec les sentiments, John Wayne ouvre son cœur, instant rare, prenez des notes.

— Vous avez toujours été un modèle pour moi. On se retrouvera dans dix ans, pareil. Je ne sais pas où j'en serai, je ne sais pas si Matthieu aura enfin trouvé une femme aussi folle que lui. Vous, vous serez toujours là.

Je ne me rappelais pas qu'il avait dit ça avant là, maintenant, en t'écrivant. Je ne serai pas là, finalement. Encore un moment où la rage de mourir me retrouve. Je vais faire une pause, d'accord ? Dormir un peu, et puis Miss Daisy va arriver, je vais penser à autre chose. À plus tard, fils.

J'avais envie que tout le monde se tire et rester là avec Fred, mais il a bien fallu rejoindre la fête. En mon honneur, tout de même ! J'ai retrouvé Julie qui riait avec ses amis connus par la boutique. Pour la plupart, je les avais vus une ou deux fois au plus, des noms et des visages. Un petit groupe bien éméché. Ça parlait expos, carrières, vernissages. Couverture médiatique pour les uns, léger retrait trahissant discrètement la galère pour d'autres, sous des vestes moins fraîches, moins bien coupées.

— Félicitations, en tout cas, Jeffrey, on viendra te voir.

— J'espère bien !

Jeffrey, pas mon préféré, enfin, je me devais d'être poli. J'aime bien ce qu'il fait, en plus.

— Mais ce soir, c'est vous qu'on félicite ! Dix ans, quand même ! Pour fêter ça, Anto, tu ne te remettrais pas à la photo ? Tu faisais bien de la photo, non, dans le temps ?

Je ne savais pas qu'on s'appelait par des surnoms. Oui, dans le temps. Non, je ne m'y remets pas. J'ai un vrai métier, maintenant, connard. Du genre qui paye le champagne que tu bois et l'appart immense sur lequel tu baves actuellement. Je ne sais plus ce que j'ai vraiment répondu, il a dû comprendre le message entre les lignes.

— Et toi, Julie ? La peinture ? On peut te donner un coup de main pour te remettre en selle, tu sais. Quelques coups de fil…

Zone dangereuse, j'ai pensé. Julie a rigolé.

— Si seulement ! Mais bon, ça fait dix ans ! J'ai eu d'autres contraintes depuis… Dans une autre vie, qui sait ?

C'est le mot, d'autres contraintes, et le geste alourdi par l'alcool vers moi, involontaire. Et puis le regard de Jeffrey pigeant le sous-texte, là aussi, et voyant bien le genre du gars. Métamorphosé en mari réac ne supportant pas la passion de sa petite femme et finissant plus ou moins par lui interdire de poursuivre ses rêves. J'ai compris que c'était comme ça qu'elle me voyait aussi, celui qui avait abandonné si vite, si tôt et sans se retourner. Qui avait fait entrer les contraintes de la vie normale, salariée, banale, dans son univers. Et stérilisé son art. Je ne t'ai jamais empêché, Julie, je te rappelle.

— Ça veut dire quoi, ça ?

J'ai feint l'amusement. Regard de Jeffrey, fais bien attention à fermer ta gueule, toi.

— Quoi ça, rien ! Enfin, Antonin, c'est vrai que je n'ai pas pu continuer, on a eu une autre vie, c'est tout.

— Tu n'as pas pu continuer parce que ça ne marchait pas. C'est tout. Pas la peine de regretter cette « autre vie », comme tu dis.

J'ai entendu mon ton plus cassant que je ne l'aurais voulu. Et vu le visage de Julie.

— On n'est pas tous faits pour ta vie métro-boulot, tu sais. Certaines d'entre nous aspirent encore à quelque chose de plus.

C'est devenu ma vie, maintenant. Je suis le symbole de la normalité en costume-cravate, ce qu'ils exècrent tous dans leur sous-culture artistique de merde.

— Ma vie t'a nourrie pendant dix ans, ma chérie. On ne peut pas tous faire mumuse éternellement.

Et maintenant, le groupe uni contre moi. J'ai remarqué un attroupement, discrètement, les autres cercles se sont rapprochés. Et voilà Jeffrey en renfort.

— Calme-toi, Antonin, voyons. C'est normal, chacun ses aspirations. Tu sais bien que Julie est une artiste, tu ne peux pas le lui reprocher.

Tout y était. Le ton condescendant, le type qui m'explique qui est ma femme, le petit air paternaliste.

— Ferme ta gueule, Jeffrey.

Petit rire, regard alentour faussement embarrassé, triomphal.

— Tu vas me dire que tu la connais mieux que moi, peut-être ?

— Pas mieux. Disons, une autre facette. Disons, une Julie que peut-être tu as négligé de voir ces derniers temps.

Ça veut dire quoi, ça ? Julie, tu baises ce connard ? Je lui ai balancé mon poing dans la gueule. Tant pis. Il a reculé de deux pas et a trébuché sur les gens, je ne sais pas trop comment, toujours est-il qu'il s'est retrouvé par terre et qu'il saignait du nez. Mon Dieu, comme je me suis senti bien, mon Dieu, comme nous sommes primaires. Julie m'a regardé, brûlante de rage, et s'est

Le carré jaune des fenêtres

barrée. J'ai croisé le regard de Fred, flasque levée, bravo champion. La fête est finie, j'avais bien merdé.

Trois jours de silence. Tout ranger, retrouver notre appartement, constater les dégâts. Se fuir dans le petit espace, changer de pièce, s'observer du coin de l'œil comme des loups en chasse. On se surprenait parfois, souffrant, immobile devant le robinet ouvert de la vaisselle ou simplement assis, les yeux dans le vague. Alors, une poignée de secondes seulement, une fissure dans le mur de la rage, on se sent vaciller, l'envie d'aller la rejoindre, de la prendre dans mes bras, de dire oublions ça, je t'aime, je t'offre une lune de miel pour nos dix ans, pour arracher les plantes mortes et les planches pourries, repartons sur de nouvelles bases, pour les dix ans à venir, apprenons à nous aimer mieux. Et puis les mots et les images qui reviennent, à nouveau cette phrase dans ma tête en boucle depuis trois jours, c'est donc ça ce que tu penses de moi, c'est donc ça ce que tu penses de nous, comment peux-tu, c'est donc ça. Des journées terriblement longues, rentrer du bureau en me disant que c'est le début du combat, trouver l'appartement vide, malgré moi faire le tour de la maison, pas de mot, pas de message sur mon portable, rien, impossible d'appeler, bien sûr, ne rien laisser paraître, ne pas m'en soucier. Elle est rentrée après le dîner, bien plus tard, pas d'explications, pas de paroles échangées, tout de suite, elle a rejoint la chambre. Je me suis dit je ne la connais pas. Il y a une inconnue dans mon lit, je vis avec elle et je ne sais pas qui c'est.

Ça s'est fini sans paroles aussi, ne rien dire pour ne pas détruire notre bonne volonté naissante, seulement avancer ma main dans le lit, je l'ai posée sur son épaule. Elle n'a pas reculé, elle m'a regardé. Soupçon de sourire. Je crois qu'elle avait peur, autant que moi, le moindre faux pas et tout s'effondrait. Elle s'est approchée et m'a embrassé. J'ai repoussé les couvertures qui glissaient entre nous, nous avons fait l'amour comme une délivrance. La trêve des corps, comme si eux pouvaient se dire les choses à notre place, dire les mots dont nous avions tous les deux besoin, comme si nous, nous restions sur le banc de touche pour laisser nos corps se renouer.

Nous sommes restés l'un contre l'autre, après, longtemps. Je me suis rendu compte qu'elle pleurait, pas de mots, pas encore, juste la serrer, pour dire je suis là, je ne sais pas comment on va faire, mais ça va aller. Puis on s'est endormis.

Parfois, je me réveille et elle est là. Je ne sais plus si elle était déjà là quand je me suis endormi ou si elle n'a pas voulu me réveiller en arrivant. Vu la lumière qui traverse les rideaux blancs d'hôpital, c'est l'après-midi.

— Bonjour, ma belle.

J'avais un peu peur de t'écrire, ressasser tout ça, réveiller ces choses, mais non, je regarde ta mère et rien que l'amour. Je pose ma main valide sur son ventre, sur toi, presque sur toi.

— Tu sais quoi ? Aujourd'hui, nous sommes à un mois du terme.

Un mois avant ton arrivée. On se sourit, c'est dur de voir tout ce qui se mêle sur les lèvres de ta mère et qui les fait un peu trembler. Un mois, c'est tellement court, et nous avons tellement hâte, et pour moi, c'est déjà presque insurmontable. Ton arrivée, notre salut : tu es là maintenant, ça efface le reste, les plaies mal refermées. C'est bien.

Julie pleure. Je ne sais pas quoi dire ou faire, il n'y a rien à dire, je crois, pour combattre l'évidence que je ne quitterai plus ce lit d'hôpital. Mon espoir est de te tenir juste une petite fois dans mes bras, est-il possible de te donner l'amour de toute une vie en une seule étreinte ?

Le carré jaune des fenêtres

Le docteur Gentiane ne veut pas me donner de faux espoirs. Enfin, il a dit peut-être, peut-être qu'il me reste assez de temps. Avoir un but aide à se battre. Gardez l'œil sur l'objectif, Monsieur Delaitre, d'accord ?

— Rentre te reposer, ma puce.

Je l'imagine chez nous, dans l'appartement que j'ai déserté, face à l'avant-goût de ma grande désertion. J'essaie de ne pas trop y penser, à quoi bon y penser, j'essaie de dormir.

Je t'ai parlé de ma typologie rêvée des revers de l'existence, des tracas les plus insignifiants aux drames les plus destructeurs, tu te souviens. Julie a son drame existentiel, je le sais maintenant, je l'ai vu, j'en ai souffert aussi, un peu, en tout cas, il a accompagné notre histoire. Et moi ? Je t'ai dit la maladie, la maladie puisqu'elle est mortelle. Je crois que je me suis trompé, la maladie n'est pas le drame de ma vie, c'est la cause de ma mort, tout simplement. Mon drame existentiel, fils, c'est la solitude. J'arrive à la fin de mon passage sur Terre, comme on dit, je crois que je n'aurai plus beaucoup de surprises sur moi-même, ce qui m'apparaît le plus clairement, le plus saillant, parmi les innombrables blessures, coups durs, défaillances et débâcles, c'est la solitude.

Parce que j'étais fils unique, peut-être, enfin, je ne sais pas si tous les enfants uniques ont ce ressenti. Je me souviens que mon père travaillait, beaucoup, sans doute trop, enfin, ça me semblait trop, je me souviens que je me postais parfois devant la porte de la maison, le matin, dans mon pyjama coloré, les bras écartés pour lui barrer le passage.

Aujourd'hui, pas de travail ! Tu restes avec moi !

Le carré jaune des fenêtres

Il souriait, disait qu'il aurait bien aimé et promettait de ne pas rentrer trop tard. Il me collait un baiser sur le front et je le laissais partir en faisant retomber mes bras contre mon corps. Tant pis. Puis j'allais à l'école à mon tour. Je n'avais pas tellement d'amis, enfin, des camarades, tu sais, des personnes avec qui jouer dans la cour, je ne m'en sentais pas particulièrement proche, je n'étais pas triste de les quitter pour les grandes vacances, ni trop pressé de les retrouver à la rentrée. Ma mère travaillait, mais elle sortait assez tôt pour pouvoir me chercher à l'école, je restais à l'étude après les classes, je ne sais pas si on appelle toujours ça comme ça, ni si ça existe encore, sûrement. Après, aussi, il y a eu le lycée, puis les études, la Cabine sous le ciel, il y a eu Julie. Je n'étais pas seul, j'ai toujours été bien entouré, normalement entouré, simplement, je me suis toujours senti un peu à l'écart, on ne peut pas partager vraiment, on vit ensemble, on vit à côté.

C'était passé, nos dix ans, la déflagration, on n'en a plus jamais reparlé. On a décidé qu'on allait partir, loin, je lui ai dit je t'emmènerai à Buenos Aires, comme avant, j'étais heureux d'employer les mêmes mots, comme s'il était possible de revenir à cette époque, la cuisine minuscule de la rue Lepic, la foi inébranlable qu'on avait. Puis les choses sont devenues ternes ou brumeuses ou routinières. Cette fois, oui, la routine pesante, abrutissante. On a vécu en parallèle. On glissait sans se rencontrer, un livre à la main dans un grand lit, des matins presque sans paroles, déjà l'esprit dans nos journées respectives, des soirées toutes les mêmes. Nous avions abandonné quelque chose, perdue dans la houle et qu'on n'a pas su faire renaître. C'était ça, c'était devenu gris et nous avions baissé les bras, tant pis, pas un naufrage, mais un lent dessèchement. Ça n'excuse rien, je ne cherche pas d'excuses, c'est comme ça que j'ai vécu les choses, c'est tout.

— J'ai l'impression qu'on n'a plus de jus.

Au 4.20, comme toujours, sur la table du coin près de la vitre. J'étais seul avec Matthieu, je ne sais plus pourquoi, où était Julie, où était Fred, bref, on s'est retrouvés là, Georges nous a servi deux verres de vin. Ça n'allait pas fort, pour une fois, c'était moi qui déprimais.

— Qu'est-ce que tu veux dire ?

— Tu crois que c'est un stock, l'amour ? Je veux dire, peut-être qu'on a une quantité limitée en réserve, et puis un jour, on a tout dépensé, il n'y a plus de jus. Ou peut-être que c'est les blessures, petit à petit, on s'est saignés ?

Matthieu mal à l'aise, silence. Je suis rarement si pathétique.

— C'est une impression générale ou tu penses à un moment particulier ?

— Général, je ne sais pas. Il n'y a plus d'avenir, je crois. Hier, elle m'a dit, tu ne m'as pas emmenée à Buenos Aires. C'est un truc que je lui disais, avant, et puis il n'y a pas si longtemps, je t'emmènerai à Buenos Aires, je ne sais pas pourquoi Buenos Aires, la sonorité, peut-être, si immédiatement exotique, enfin bref, tu sais, pour rêver, avoir des projets ensemble, tout ça. On était dans le salon, on lisait, elle s'est arrêtée de lire elle m'a regardée et elle m'a dit, tu ne m'as pas emmenée à Buenos Aires.

— Je crois que je ne comprends pas.

— J'ai répondu, je ne savais pas que c'était si important pour toi. Qu'est-ce que tu ne comprends pas ? Elle m'a dit ça, comme si c'était fini, j'avais manqué ma chance, il n'y aura plus jamais de Buenos Aires, comme si on ne pouvait plus. Le rêve n'est pas réalisé, elle a décidé que ça ne se ferait pas, il faut y renoncer, elle a enterré l'affaire. Et j'ai répondu, je ne savais pas que c'était si important pour toi. J'ai toujours des réponses inadaptées. C'est la seule chose que j'ai pensée, je me suis dit, c'est drôle, je n'aurais jamais imaginé que c'était si important pour elle, je ne l'aurais pas soupçonné chez elle. J'ai souvent l'impression de ne pas la connaître, au fond. Qu'est-ce que tu en penses ?

— Bois. Fred dirait, bois.

— C'est vrai.

J'ai bu. Ça n'a pas teinté mon monde de rose.

— Je suppose que ce n'est pas à propos de Buenos Aires.

— C'est général, je te dis.

— Bien.

— Tu crois qu'on peut se comprendre ?

— La race humaine en général ?

— Voilà.

— Non, je ne crois pas, pas vraiment. Je crois qu'on ne peut pas se dire les choses. Je crois que ce qu'on dit est pollué par une infinité de parasites qui s'agglutinent sur les mots. On dit quelque chose, on pense dire quelque chose de très particulier et de bien précis, tu vois ? En réalité, on dit ça parce qu'on a telle et telle référence, définition, souvenir, impression, ce que tu veux. Et la personne en face, pareil. On s'observe depuis nos tours d'ivoire. Parce qu'on n'a pas le même âge, pas la même histoire, pas les mêmes opinions politiques et religieuses.

— Donc, dialogue de sourds ?

— Je crois bien. Sur les choses importantes, je crains que ce soit en effet un dialogue de sourds. Kundera parle de tout ça, l'incapacité à partager et à se comprendre, aussi. Ulysse qui rentre de voyage, personne ne lui dit, raconte, parce qu'ils ne peuvent pas imaginer, eux, à Ithaque, que sa vie à lui, maintenant, est faite de ça, de l'Odyssée, tu vois ce que je veux dire ? Incompatibles dans leurs références, et les types sont incapables de même se dire que peut-être il a de bons souvenirs, des choses à raconter, eux, ils le bombardent d'anecdotes sur le passé ensemble, mais le passé ensemble, c'était il y a vingt ans ! Bref, c'est un peu ça, non ?

— Pas lu, mais oui, sûrement.

Sagesse de Matthieu. On s'est quittés comme ça, un peu après. Ça a continué pendant longtemps, cette période, avant que ça s'arrête. Le flou, le brouillard, le gris, ta mère qui m'échappait, moi qui lui échappais aussi, sans doute, le plus étrange était cette impression que notre vie entière nous échappait, les jours qui filent à la chaîne sans qu'on sache pourquoi ils étaient là ni pourquoi ils sont partis. Et puis le temps qui passe est-il un autre drame qu'on regardait aussi entre les doigts couler. Je me suis vite rendu compte que quelque chose déraillait, ou plutôt que rien ne sortait du rail, en revanche, ça a mis du temps, même après cette conversation avec Matthieu, pour qu'on sorte des sables mouvants.

Le carré jaune des fenêtres

Longtemps, il est resté comme un goût un peu métallique, un peu amer le soir, en regardant par la fenêtre et en se disant qu'on ne contrôle plus rien, a-t-on déjà contrôlé quelque chose, on est emprisonnés dans notre propre trajectoire sans frein, ni volant, ni plus rien pour changer de cap, un sentiment d'impuissance, si tu préfères, mais d'impuissance face à soi-même, on est son propre bourreau, l'enfer, c'est soi-même. Jusqu'à ce que tout change.

Voilà, c'est ça, c'est cette démission globale, rien à voir avec moi, je veux dire, avec ce que je suis en réalité, c'est la force des évènements, le contexte, une masse de circonstances atténuantes. C'est ce que je me suis dit, en gros, en proposant à Suzanne que l'on se revoie. C'était il y a un an, un peu plus d'un an, la chronologie exacte n'a pas d'importance. J'aimerais vous revoir, j'ai dit. En même temps, j'ai pensé je veux vivre. Elle a dit moi aussi, voici mon numéro, je peux vous revoir mardi, si vous voulez, j'aurai du temps, et puis elle est partie avec son délicieux accent et son parfum d'un autre monde. J'ai marché, vaguement en direction de la rue Chappe, j'ai dit tout haut et puis merde, j'ai regardé la rue et je me suis souvenu de la chanson de Barbara. Moi, ce n'était pas la solitude, pas tant la solitude comme celle de la chanson, plutôt le constat d'une isolation dans la vie même, le froid, quelque chose de gelé. Je me suis dit je veux m'en payer, des nuits blanches, je veux me saouler de printemps. J'ai chassé comme ça la trahison, l'infamie, le crime.

J'ai fait un détour, je ne voulais pas rentrer tout de suite, je ne voulais pas embrasser Julie alors que je venais de donner rendez-vous à une autre femme, rencontrée sur l'instant, et puis, surtout, je voulais le

Le carré jaune des fenêtres

luxe de revivre le souvenir de Suzanne. J'ai aimé son prénom, j'ai pensé à Leonard Cohen, bien sûr, au pouvoir de Suzanne dans la chanson, l'amour total, c'est elle qui décide, jusqu'à affirmer, elle, son amour à lui. J'ai trouvé que c'était un nom éternel, un nom de Jérusalem qui se pose dans notre siècle, rue Montorgueil à Paris.

Bien sûr, ce n'est pas le début de l'histoire. J'avais rendez-vous là-bas à 16 heures, je devais voir un prestataire quelconque, bref, j'étais en avance d'une grosse demi-heure, car j'avais déjeuné avec le directeur commercial d'une revue sportive. Je me suis assis à la terrasse d'un café, j'aime bien parce qu'ils sont tous alignés rue Montorgueil, les terrasses les unes à côté des autres, on se demande toujours ce qui nous a fait choisir celui-là plutôt qu'un autre. Je me suis dit il fait beau, c'était une période où je cultivais les moments de solitude, j'entends loin de Julie, les moments pour moi, me disais-je, j'arrêtais d'être sous contrôle comme avec elle. J'ai remarqué la femme assise à côté de moi, il y avait une chaise vide entre nous, mais nous étions comme à la même table, les places sont resserrées sur ces terrasses miniatures de cafés parisiens. Elle lisait comme si elle n'avait rien à faire de la journée, une tasse vide sur la table, je me suis dit que c'était peut-être son deuxième ou son troisième café, elle avait la posture détendue de qui est là depuis longtemps. Au début, je ne l'ai pas vraiment regardée, de toute façon, je n'ai pas l'habitude de réellement regarder les femmes, en tout cas pas avec l'idée que peut-être. J'ai été attiré par le livre. C'est drôle, cette idée, pourquoi sommes-nous toujours obligés de regarder ce que lisent les autres, pareil dans le métro, toujours à se tordre le cou pour déchiffrer les titres ? On s'en fout, non, de ce que les gens lisent ? Je pense que c'est dû à un phénomène de télescopage de la lecture, activité hautement intime, dans la sphère publique. Terriblement marqué socialement, le choix du livre, bien sûr, alors c'est comme se dévoiler. Ce serait alors une recherche de proximité, on veut créer du lien, se rapprocher un peu des gens, peut-être qu'on se sent faire partie du même monde, la catégorie de ceux qui lisent dans le métro ou à la terrasse des cafés, je n'en sais rien, en tout cas, toujours est-il que j'ai ressenti un rapprochement par le seul évènement de la lecture publique. C'est faire sauter les barrières implicites du chacun dans sa vie, ne pas déranger, ne pas être dérangé, ne pas fixer les autres, de sorte que je me suis senti autorisé à lui parler.

— Ça vous plaît ?

Je ne sais plus quel livre elle lisait, un livre que je n'avais pas lu, mais j'avais aimé un autre roman du même auteur. Elle a levé les yeux, ce qui m'a frappé, c'est qu'elle a pris le temps de finir sa phrase, un petit sourire pour montrer qu'elle m'avait entendu et puis elle a fini sa phrase, son paragraphe, j'ai aimé qu'elle ne se plie pas tout de suite à l'exigence de la conversation, quand quelqu'un vous parle, il faut lui répondre, j'ai trouvé que, paradoxalement, ça donnait plus d'importance à notre conversation qui n'existait pas encore, je prends le temps de vous faire attendre, dans une seconde, je suis à vous.

— Je commence. Oui, je crois. Très vaporeux.

Oui, c'est ça, très vaporeux, c'est l'impression que j'avais eue aussi en lisant cet autre succès du même écrivain, j'étais heureux que nous soyons d'accord. Nous avons parlé du livre, un peu. Assez mystérieux aussi, ce livre. Elle m'a résumé l'histoire, elle avait un accent léger, je ne sais pas d'où, je ne sais pas si c'était de quelque part, plutôt une élocution qui n'appartenait qu'à elle seule, un accent d'un pays dont elle serait l'unique ressortissante.

Elle a levé la main pour demander au serveur encore du café, j'ai été saisi par le geste, c'est étrange, non, rien d'extraordinaire dans ce simple mouvement du bras, j'ai pensé jamais Julie n'aurait fait ce geste, ce geste n'appartient pas à Julie, ne pourra jamais lui appartenir, à elle, oui.

— C'est votre combientième ?
— Quatre, cinq…
— Vous attendez ?
— Non. Vous savez, je ne fais pas grand-chose…

Je n'en ai pas su plus sur sa vie, ce qu'elle faisait, pas grand-chose, après coup, j'ai appris qu'en effet, elle ne faisait rien, elle passait tout son temps dans les cafés, les musées, parfois même pas, il lui suffisait d'une chose pour occuper sa journée, aujourd'hui, je suis allée acheter un pull, c'était tout, elle avait développé un talent extraordinaire pour la flânerie, une sorte d'esthétique de l'oisiveté, elle préférait vivre un peu en dehors des choses. Le soir, elle sortait, souvent, retrouver des amis, de ceux qu'on ne voit que la nuit.

— Je suis riche par héritage, pas par mérite. Je n'ai jamais rien su faire de mes dix doigts, j'ai hérité à vingt ans d'une petite fortune, qui s'entretient elle-même, comme un tonneau des Danaïdes, enfin, l'inverse, si vous voulez. Du coup, je ne fais rien. J'aime mieux.

Elle parlait lentement en posant les mots bien à plat pour ne pas qu'ils s'envolent. Elle parlait et ça devenait évident et enviable. Elle avait l'air si tranquille, en même temps grave, comme inébranlable. J'ai été obligé de regarder ma montre et de partir.

— J'aimerais vous revoir.

— Moi aussi. Je m'appelle Suzanne. Voici mon numéro, je peux vous revoir mardi, si vous voulez, j'aurai du temps.

Elle a laissé du liquide sur la table et elle est partie, avec son accent délicieux et son parfum d'un autre monde. J'ai essayé de ne pas trop la regarder. J'ai fait mon rendez-vous et depuis je marche dans Paris, en remontant la rue de Turbigo.

Ta mère est passée. J'ai refermé le cahier sur lequel je t'écris, comme un enfant surpris la main dans le sac, c'est idiot de me sentir coupable pour Suzanne aujourd'hui, les scènes se superposent, la chambre d'hôpital prend place dans celle de la rue Chappe, au soir du fameux jour où je l'ai rencontrée. Je me souviens des phrases dans ma tête : qu'est-ce que j'ai fait, qu'est-ce que je suis en train de faire, je dois arrêter maintenant, il faudrait arrêter, ne pas la revoir, avant le crime, regarde Julie, regarde-la vraiment, pour une fois, tu vois bien que c'est elle, qu'il n'y a qu'elle. Et pourtant, déjà un gonflement quelque part, autour du ventre, l'image de Suzanne avec son livre et la tasse vide sur la table ronde, la rue Montorgueil derrière, je savais bien que je n'allais pas mettre fin à ça, c'était trop tard déjà. J'ai pensé, j'ai ça et pas elle. J'ai quelque chose en plus, j'ai cette histoire – enfin, histoire… –qui ne lui appartient pas, qui n'est pas nous, je suis moi sur un territoire auquel elle n'a pas accès. Une supériorité, si tu veux, je ne sais pas si c'est ce que tous ceux qui trompent leur conjoint ressentent, être grisé comme ça par la transgression, et l'impression d'être dans un autre monde, plus haut, au-dessus des lois humaines, d'être presque un dieu, au fond.

Le carré jaune des fenêtres

Julie est partie alors que Fred entrait dans la pièce, on n'a presque pas parlé, je l'ai trouvée sombre, quoi de plus normal, évidemment, je n'ai pas su percer le silence.

— Elle te parle, Julie, un peu ?

Il pousse mon chariot vers notre table habituelle, dehors. Ça y est, la vie ici s'est organisée, nous avons nos petites habitudes.

— Très peu, tu sais. Elle a du mal à mettre des mots, je crois.

Je ne peux pas imaginer ce qu'elle traverse. Se préparer à perdre l'homme qu'elle aime et à élever son fils seule. Elle verra mes traits sur son visage, toujours pour me rappeler à elle, à la fois un héritage et une morsure.

Je remarque une fillette dans un fauteuil, elle doit avoir dix ans, elle est avec ses parents. C'est la première fois que je la vois.

Ai-je vraiment hésité avant d'envoyer ce message à Suzanne ? Oui, je crois qu'on peut dire que oui, au fond, je savais bien que j'allais céder, mais tout de même, j'ai failli renoncer. Pas par réelle culpabilité, je veux dire, pas vraiment vis-à-vis de Julie, plutôt par promesse tenue, c'est interdit, il ne faut pas. Puis j'ai craqué. Je me souviens, j'étais dans la cuisine, je me suis dépêché de taper le message que j'avais précédemment conçu dans ma tête en faisant la vaisselle, j'ai rangé mon téléphone précipitamment pour éviter de me faire attraper par ta mère. J'ai eu honte. J'ai senti mon cœur battre comme un imbécile. Elle a répondu quelques secondes plus tard : « D'accord. » L'importance du point dans ce texto. C'était fait, nous allions nous revoir, mardi soir, comme elle avait dit. Le crime était déjà presque consommé. Actes préparatoires en cours de réalisation. Tu vois, Fred, nous sommes comme les autres, Julie et moi, toi qui nous élevais en modèle éternel du couple, j'ai failli, je tombe de mon piédestal droit dans la boue des êtres ordinaires, je ne vaux pas mieux, moi aussi, l'adultère, l'amour sclérosé, la fuite en avant, tout ce que tu veux.

— Des nouvelles de Matthieu ?

Fred pousse, aujourd'hui on se promène, il y a quelques arbres, il fait beau.

— Un peu. Il prend encore ses marques, il dit qu'il a déjà avancé sur son bouquin, il a l'air d'aller bien.

— Bon.

— Deux mois avant qu'il tombe amoureux d'une collègue.

— Tenu.

On rit, je me dis je ne serai pas là pour voir la fin de ce pari, j'ai senti que Fred l'avait pensé aussi, à un raidissement dans la marche, ne t'en fais pas, ça me fait du bien quand, au détour d'une phrase, quelqu'un oublie que je vais mourir.

Le mardi arrive, je suis devant ma glace. J'ai menti à Julie, je lui ai dit que j'avais une soirée pour le boulot, ça arrive souvent, elle n'a pas douté une seconde, pourquoi aurait-elle douté, nous ne nous sommes jamais trompés, jamais mentis, il n'y a aucune raison de ne pas me faire confiance. Je regarde mon visage, je me trouve vieux, je me trouve laid, tant pis, je ne peux plus rajeunir avant l'heure de mon rendez-vous de toute manière, j'ai choisi une chemise blanche et une sorte de trench un peu court que m'a offert Julie et que je mets lorsque je veux faire décontracté, genre je passe ma vie en costard, donc même quand je suis hors du boulot, je ne me rends pas compte que les gens normaux ne mettent pas ça, je n'ai jamais compris ce blouson, mais je fais confiance à ta mère et je l'enfile comme une armure. Je me sens bien, j'ai le trac, j'ai quinze ans. Je prends le métro, elle m'a donné rendez-vous dans le 9e, je ne connais pas l'adresse. D'ailleurs, en arrivant, je passe devant sans m'arrêter, c'est une porte vitrée toute simple, en fait un petit hôtel de luxe caché derrière une façade ordinaire, le type endimanché au guichet m'indique que le bar est sur la gauche et m'invite à le suivre. Je suis intimidé malgré moi, j'emprunte un couloir capitonné, boiseries et velours, teints chauds, pourrait basculer dans le suffoquant, mais non, dans le kitsch, mais non. La retenue entraîne une élégance extrême, je ne sais pas à quelle alchimie ça tient, au silence ou aux notes de blues qui raisonnent comme venant d'ailleurs, le réceptionniste s'efface en m'indiquant le bar, un nouveau type, plus jeune, moins guindé, mixologue, probablement, règne derrière le comptoir. Suzanne apparaît, elle a un verre vide à la main qu'elle pose sur la surface brillante.

— Je ne vous ai pas attendu, je suis là depuis un moment, j'aime bien cet endroit quand je veux être seule. Hector, tu nous proposes quoi ?

Bien sûr, le barman amélioré s'appelle Hector. Je suis dépassé par les propositions et les recettes complexes des cocktails, je choisis quelque chose au hasard, je parviens à saisir qu'il y a de l'amaretto et du basilic. On s'assoit sur des fauteuils pourpres, on se croirait dans une alcôve de cour de la Renaissance, on est seuls au monde. Je garde un souvenir très précis de cette soirée, de la voix de Suzanne comme un fleuve où plonger, le silence complet, le petit jardin aménagé dans une cour intérieure où elle a voulu sortir fumer, l'impression d'être nulle part, tout en sachant que Paris palpite juste là, dehors.

— Je n'ai jamais travaillé, vous savez. J'ai étudié un peu, mon père y tenait absolument. Lorsqu'ils sont morts, j'ai voulu finir mes études.

Elle parlait et je ne répondais pas. J'ai compris tout de suite qu'il n'y avait pas besoin de répondre, il n'y avait pas cet impératif de la conversation, ou alors on se disait quelque chose sans rapport, les phrases étaient lancées et reçues, accueillies, plutôt, on se disait des choses qui nous paraissaient importantes ou anecdotiques sur nous-mêmes.

— J'ai pris une chambre. Vous voulez monter ou vous préférez rentrer chez vous ?

Évidemment grisé sur le chemin du retour, évidemment coupable de n'avoir pas dit non, évidemment le corps encore sur la peau, comme ces lumières trop fortes qui laissent une impression sur la rétine. La fatigue qui ajoute à tout ça, un parfum qui reste au nez, une sensation sur les lèvres, un peu meurtries, et dans la bouche un goût. J'ai pris une douche avant de quitter la suite, comme un mari qui trompe sa femme et ne veut pas se faire prendre. Un sourire aux lèvres, en remontant les grands boulevards, sourire pour les vendeurs de marrons grillés, qu'est-ce qu'ils font encore là à cette

Le carré jaune des fenêtres

heure, sourire pour les couples éméchés qui cherchent le chemin de la maison, sourire pour tout le monde et surtout pour moi-même. J'avais la nette conscience d'avoir réussi un exploit, d'avoir été choisi par un être exceptionnel, tout à fait inaccessible, descendu de l'Olympe pour cueillir parmi les mortels un partenaire de jeu. Pas vraiment de culpabilité en rentrant chez moi, j'aurais dû être mort de honte, je me suis surpris en voyant que non, que je n'avais aucune difficulté à me glisser dans le lit où Julie dormait déjà, à l'enlacer rapidement avant de me laisser couler dans le doux sommeil du héros.

— Je vois une femme. Depuis quelque temps.
— C'est bien.

Un peu lâche d'être allé voir Fred, justement Fred, celui qui jamais ne me condamnerait pour ça. Ça faisait quelques semaines déjà que je retrouvais Suzanne de temps à autre, toujours dans un hôtel, la même chambre, ouverte sur la double perspective du boulevard Raspail et de la rue de Varenne, suffisamment haute pour voir la coupole des Invalides depuis le balcon-terrasse. Comme je revois cette chambre, comme je revis ces heures volées au temps, où je me sentais tellement vivre ! On se retrouvait parfois le soir, parfois en journée, selon les aléas de mon emploi du temps et de ses envies. Suzanne me subjuguait par une radicale inconséquence, surtout un refus définitif du souci et du projet, rendu possible, bien sûr, par une fortune colossale, mais vécue si complètement que j'étais admiratif. Incapable de prédire ce qu'elle ferait le lendemain, sereine quant à sa capacité chaque jour vérifiée de combler ses journées de plaisirs divers. À la fois grave, parfois, comme prise par des considérations terribles et connues d'elle seule, célestes, sûrement. Elle était l'inverse de Julie. Évidemment, c'est ce qui m'a plu tout de suite, bien sûr, dans la réalité, jamais je n'aurais pu vivre avec quelqu'un comme ça. Je m'en rendais vaguement compte, de toute façon, cette histoire n'avait aucun avenir ni n'était supposée en avoir, pour elle comme pour moi. Elle me le disait, parfois. Elle me regardait très calmement par-dessus sa cigarette. Je vais bientôt te quitter, je pense. Puis elle fermait les yeux et reposait sa tête contre le mur. C'est ce qui rendait cette histoire magique et me poussait à en goûter tous les instants.

— Tu pars déjà, l'Amour ?

Je fume sur la terrasse, je me retourne, elle est extraordinairement belle. Elle m'appelle l'Amour, souvent, c'est ma fonction, elle dit fonction, je comprends nature, je me sens tout entier englouti par elle, par mon amour pour elle, c'est ma mission sur Terre que de l'aimer. Je dois y aller. Je pars, les six étages d'ascenseur me font redescendre dans la vie réelle, si terne en comparaison, et pourtant éclairée par ces jours dans une chambre d'hôtel du 7e arrondissement.

Fred dit, c'est bien, je vois que c'est un réflexe, une réponse de posture, c'est bien parce que je prône depuis vingt ans que c'est la seule façon de vivre. À contretemps, il est surpris.

— Ça fait longtemps ?
— Quelque temps.
— Oui, pardon. Je la connais ?
— Je ne pense pas.

Il réfléchit un temps à sa prochaine question, il a besoin de digérer l'information.

— Julie est au courant ?
— Non, bien sûr.

Il boit encore.

— Tu vas continuer ?
— Je ne sais pas.

Il me regarde et je constate qu'il me regarde gravement. Je ne suis plus le symbole du couple parfait, je vois dans ses yeux l'image qui se brise, je ne mesure pas bien le mal que ça peut lui faire, les certitudes qui s'écroulent, si lui pouvait vivre n'importe comment et souffrir en faisant souffrir, l'ordre du monde tenait en partie par le fait que Julie et moi étions ensemble, heureux, sans remous. Il n'y a jamais de remous dans les couples des autres. Je viens de lui enlever ses repères.

— Et Julie ?
— Je ne sais pas.

Je ne fais rien pour le rassurer, je ne peux pas le rassurer, en réalité, je ne sais rien, à ce moment-là, je ne sais vraiment rien, il n'y a pas d'avenir avec Suzanne, elle n'est pas dans l'avenir, elle me l'a dit comme ça, elle m'a dit, je ne suis pas une femme d'avenir, avec un petit rire, combien j'ai aimé ce rire, pourtant, je suis bien obligé de me poser la question, que puis-je faire d'autre que la rejoindre, je suis désarmé, et Julie, qu'est-ce que ça dit de nous, Julie, qu'est-ce que ça dit de mon amour pour toi ?

Je me disais, Julie est la femme de ma vie, ça ne change rien, c'est juste comme ça, juste pour vivre. Erreur, grave erreur, tout change, tout tremble, rien n'est gravé, le marbre est un mensonge. J'ai aimé Suzanne. Je te le dis, je l'avoue, j'ai aimé Suzanne, j'ai aimé une femme qui n'était pas ta mère, alors que je devais fidélité à ta mère. J'ai trahi, oui. Ce n'était pas la même chose,

Le carré jaune des fenêtres

bien sûr, je veux dire, il y a plusieurs amours possibles, je crois, sûrement à cause du poids des années, sûrement une loyauté qui se construit au fil du temps, j'aurais tout donné pour Julie, je donnerais tout, bien qu'aujourd'hui je n'aie plus grand-chose à offrir, Suzanne, non, bien sûr. Et pourtant, une incandescence, une perte totale de contrôle, je n'avais rien en main, je voulais déposer ma vie à ses pieds en tribut, je ne sais pas comment dire ça. Je te souhaite un amour comme ça. Ça s'est fini, bien sûr, mais peu importe, c'est toujours là, il n'y a pas de temps pour l'amour, je crois qu'à la fin de la vie, peut-être, tous les moments seront, je vois ça sur un tapis de velours épais, rouge, quelque chose de solennel, il faut bien, et puis tous les moments comme des perles, alignés, plus ou moins nacrés, de la boue aussi, bien sûr, du sang, des perles dépouillées de l'emprise de la chronologie, la vie étalée, chaque minute égale, plus d'oubli ni de rouille ni rien, et alors il restera une ou deux perles pour Suzanne qui brilleront fort.

Le docteur Gentiane est passé aujourd'hui alors que j'écrivais sur elle, j'ai eu l'impression qu'on me surprenait à faire une bêtise, comme s'il pouvait lire dans mes pensées le crime et, pire que le crime, l'absence de remords.

Ça a fini un peu comme c'est arrivé, c'est-à-dire par hasard, plutôt sans que je le veuille. Je crois, finalement, que je n'ai pas beaucoup décidé, dans ma vie. Je ne dois pas être taillé pour ça. Tout m'est tombé dessus : mon travail, Julie, un hasard, Julie que j'ai cherché à séduire, certes, mais est-ce vraiment moi, je veux dire, est-ce un choix ? Suzanne, sûrement pas. La vie ensuite, non. Toi, oui, toi, peut-être, toi, je t'ai voulu, désiré, je t'attends. Pour le reste, la vie a décidé pour moi, peut-être est-ce toujours ainsi, au fond, je ne sais pas.

Toujours est-il que Suzanne un jour m'a dit, je dois partir. Nous étions sur le balcon, je regardais la coupole dorée des Invalides là-bas et la file de voitures sous les platanes. Nous avions fait l'amour. Elle a fait coulisser la baie vitrée, elle a dit tu sais, il faut que je m'en aille.

Elle a dit ça avec un sourire un peu triste, un peu maternel, aussi, un peu je sais que ce que je te dis te fait du mal, je sais que je suis une apparition dans ta vie, mais il ne faut pas être triste, mon chéri, ce n'est pas grave, il faut être courageux, d'accord ?

— Pourquoi, où ça, quand ?

— Antonin.

Oui. J'ai fait mine de me ressaisir, oui, je suis un adulte, je suis un grand garçon et je suis prêt à ne pas faire d'histoires.

— Je suis fâchée avec Paris. Il faut que je m'en aille. Demain. Je ne sais pas si je vais revenir. Tu penseras à moi, et puis plus tellement. Ce n'est pas grave. Moi, je crois que je penserai à toi.

Ça s'est fait à peu près comme ça. Je suis fâchée avec Paris, je n'avais jamais entendu justification plus stupide, en même temps, je l'ai crue immédiatement, je veux dire, que je n'ai pas essayé de négocier, tempérer, raisonner, j'ai accepté ça comme une raison impérieuse. Une femme comme Suzanne, entièrement guidée par les mouvements à la surface de son âme, c'était tout à fait ça de prendre des décisions si radicales sur un coup de tête, c'était tout à fait elle.

Je suis rentré chez moi, j'ai savouré pendant quelques semaines les échos de Suzanne, comme des répliques de séismes qui me cueillaient n'importe quand, sans vraiment d'explication. Je te souhaite un amour comme ça, sans lendemain, mais sans tragédie non plus, sans cette lourdeur d'un impératif de destin qu'ont les grands amours. Je te souhaite de sentir en le vivant que ce moment rejoint l'éternité. Une perle sur le comptoir, à la fin, j'espère.

La Genèse

Nous sommes au mois de septembre, Julie et Antonin sont installés dans des chaises longues au soleil, un peu penchées parce qu'elles s'enfoncent dans un sol composé au moins autant de sable que de terre sous les épines de pin. Il y a une table basse entre eux, du même bois sombre que les fauteuils, seuls les deux bains de soleil en plastique bleu foncé dépareillent et sont occupés par monsieur et madame, père et mère de Julie, tes grands-parents. Julie lit, madame Auclerc lit, les deux autres piquent du nez sur des magazines. Julie et Antonin ont voulu prolonger l'été, le souvenir de l'été, en quittant Paris le temps d'un week-end pour la maison des Auclerc, près de Royan. Il s'agissait d'une maison secondaire à l'origine, Julie y a passé le plus clair de ses vacances dans son enfance. Les parents l'ont fait rénover juste avant la retraite et s'y sont installés ensuite. L'après-midi traîne, on n'a même pas le courage d'aller voir la mer, on fera peut-être une promenade plus tard, pour l'instant, on préfère l'oisiveté de la chaise longue. Tout est si calme, on entend à peine une voiture au loin, peu nombreuses puisque la haute saison est finie, il y a un pic-vert dans un arbre, bref, calme et volupté. La mère se lève finalement pour étendre le linge, non, non, elle n'a pas besoin d'aide, c'est trois fois rien, elle rapportera des limonades, restez assis, les petits. Le père s'est endormi depuis longtemps dans son transat. Julie ferme son livre.

— Antonin.

Elle murmure presque, il ne faut pas trop élever la voix pour ne pas réveiller le dormeur ni troubler l'atmosphère. Antonin interrompt sa lecture, ce qui l'amène à se demander pourquoi il s'accroche à cet article de deux pages qui ne l'intéresse absolument pas.

— Je crois que j'ai envie qu'on ait un enfant.

Silence d'Antonin. Sujet dont on a parlé il y a longtemps, puis plus tellement, qui ressort de temps en temps, sans réelle intention de concrétiser le rêve. Il sent toutefois un changement, les signaux ne sont plus tout à fait les mêmes, peut-être la formulation, d'habitude, elle ne dit pas j'ai envie, elle dit quelque chose comme tu me feras un enfant, un jour ? On reste dans le domaine du un jour, le rêve n'a pas besoin de se poser au sol. Là, non. S'ajoute l'âge, évidemment, il faut en tenir compte, on vieillit, lui comme elle. Sans doute une multitude d'autres choses auxquelles il ne pense pas maintenant, émergeant de sa lecture soporifique sous un soleil encore assez pesant, forcément, il est limité.

— Vraiment ?

Pas de réponse encore, pas de prise de position, on reste prudent.

— Oui. Depuis le temps. Non ?

— Je ne sais pas. Oui. Je crois. Il faut voir.

Il faut voir, comme si c'était quelque chose qui devait se peser, mesurer les pour et les contre. À y repenser, je ne crois pas que c'était vraiment ça, plutôt il faut laisser

Le carré jaune des fenêtres

le temps à l'idée de se transformer en projet, voir si elle s'accroche, si elle revient, on ne peut certes pas se lancer dans cette aventure comme ça, il faudra en parler encore, à tête reposée, avec les idées claires. Enfin, elle lance la première ligne, on verra bien.

— Il faut voir, mais oui, je crois bien que oui.

La mère revient, évidemment, on n'en parle plus, on réceptionne le plateau, les verres et la bouteille de limonade qui menace de faire basculer l'ensemble. La mère a une nouvelle lubie, cette année, des espèces de sirops concentrés pour parfumer la limonade, goût citron, goût Coca, goût cidre, même, c'est frais, mais un peu chimique, on essaie les différents flacons en échangeant des commentaires, chaque jour une nouvelle saveur, je préfère le citron, le Coca ressemble vraiment à du vrai Coca, sauf l'arrière-goût, et puis moins sucré, ça, c'est sûr.

C'est là le tout début. Je dois t'avouer que c'est arrivé avant que je rencontre Suzanne, un peu avant, concomitamment presque. Je ne sais pas dire si ça aurait changé quelque chose, je crois que oui, pour être totalement honnête, je dois dire que oui. Je te demande pardon.

Époque d'euphorie toute particulière que celle où l'on essaie de faire un enfant.

— On va avoir un enfant !

C'est la première phase. Une période où l'on fait beaucoup l'amour, tous les jours, comme avant, on se dit comme avant, on se sent jeunes, on se sent beaux, on se trouve beaux, comme Julie était belle, on se sent

Le carré jaune des fenêtres

amoureux, on croit que tout est possible, on ne pense plus à la grisaille, on ne croit plus à l'automne, on oublie les défaites. On a envie d'en parler à tout le monde, on ne le fait pas, on a envie de garder le secret, on a l'impression de n'avoir jamais eu de secret plus précieux.

— On va avoir un enfant !

C'est la deuxième phase. Enfin, c'est en même temps, pour moi, c'était en même temps, en alternance, si tu veux. On reste à la fenêtre avec une cigarette, on regarde la rue, la ville derrière, le ciel derrière et tout au fond, l'univers. On se sent minuscule, banal, on est écrasé par la tâche immense, on se dit c'est demain, je ne suis pas prêt, un enfant, moi, m'en occuper, le protéger, le nourrir, le faire grandir, vous vous foutez de moi ? Erreur de casting, erreur de consigne, trop compliqué, trop démesuré, on se sent incapable. On l'est, sûrement, on l'est, mais je te regarde, Julie, sur le canapé, sur ton téléphone, tu souris, je m'amuse à me demander pour qui tu souris comme ça, puis je te trouve belle, puis je suis excité et je replonge dans la phase 1.

— On va avoir un enfant !

Phase 3 : on se répète la phrase, parfois à voix haute, on va avoir un enfant, on va avoir un enfant, avec énergie et détermination. Ce n'est pas si court, finalement, combien de temps depuis qu'on essaie, six semaines, dix semaines, est-ce qu'on aurait un problème, ou bien trop attendu, on n'est plus tous jeunes, est-ce qu'on aurait manqué notre chance ?

— On va avoir un enfant ?

Passage à la forme interrogative. Retard des règles, ou même pas, intuition soudaine de l'un ou de l'autre, vérifions, on file acheter un test de grossesse dans la pharmacie en bas de la rue, il est presque dix heures, il est trop tard pour ressortir, ça pourrait attendre demain, ça ne peut pas attendre, on court, on ne prend pas de manteau parce qu'on n'a pas le temps d'y penser, il fait froid, c'est l'hiver déjà, on remonte les escaliers en courant parce qu'on n'a pas la patience d'attendre l'ascenseur. Négatif. Retour à la phase 3, jusqu'à ce qu'on se demande si, au fond, tout à l'heure, en voyant le résultat du test, on n'a pas été un tout petit peu soulagé, non ? Phase 2, soudain, on est écrasé par l'ampleur du défi. Et ainsi de suite.

C'est épuisant. S'ajoute la phase prime, comme en maths, appelons ça la phase prime, on pourrait dire aussi s'ajoute à cela Suzanne. C'était ignoble, évidemment, de coucher avec une autre femme alors qu'on essayait d'avoir un enfant, c'était inimaginable. Pourtant, je te jure que ça n'avait aucun lien dans mon esprit. Aucune incompatibilité pour moi, à ce moment-là, deux mondes totalement différents. Je me disais si elle est enceinte, j'arrête tout, ça tenait lieu de garde-fou, je me contentais de ça.

Et puis Suzanne est partie et tu n'étais toujours pas là, alors le problème ne s'est pas posé. C'était dur, bien sûr, d'avoir été quitté, d'avoir mal, je n'ai jamais rien demandé à Suzanne ni rien espéré d'elle, et puis ça n'enlève rien au manque. Comme son corps, comme sa voix m'ont manqué. Tout de même, j'avais été quitté parce qu'elle en avait marre de Paris, ça fait toujours un coup, je suis sûr que tu comprends. C'était dur aussi de

Le carré jaune des fenêtres

ne rien pouvoir montrer, il ne fallait évidemment pas que Julie sache, elle a bien dû voir que j'étais sombre, un peu, un peu moins assuré, c'est fou comme séduire une femme donne de l'assurance, j'étais le roi du monde qui jongle entre deux cœurs, le fait d'être un salaud me remplissait d'orgueil, et là, fini, je me retrouvais délaissé, il a fallu faire avec la blessure de cœur et la blessure d'ego, le tout en silence.

L'*attente*

Tu te souviens, je t'ai raconté comment ta mère m'a annoncé ta venue. Le 4.20, le message sur mon portable pour me convoquer, le champagne dans son seau sur la coque du navire échoué, bien sûr, l'émotion par-dessus. Et puis l'attente, l'attente pure d'abord, je voudrais parler de ce moment, avant la maladie, avant l'angoisse, ce moment où nous tentions de réaliser ce qui nous arrivait. Entre temps, Suzanne avait disparu de ma vie, elle avait laissé une place un peu vide, enfin tu étais là, presque, tout changeait. Je n'avais plus besoin de Suzanne ni de personne d'autre, puisque tu étais presque là. Comme une femme est belle dans les premiers mois où elle vous fait l'honneur d'être deux ! Ce n'est pas de moi, cette phrase, j'y ai pensé souvent dans les premiers jours, alors que je voyais ma femme devenir mère sous mes yeux.

— Il ne faudrait pas qu'on déménage, finalement ?
— Mais non, le bureau est très bien, on en a parlé.
— On ne va peut-être pas acheter des affaires déjà ?
— Non, peut-être pas.

Elle rit. Se mettre en attente, c'est toujours une fébrilité. Je voulais que tu sois déjà là, ça me paraissait insupportable, neuf mois.

Le carré jaune des fenêtres

Et parfois, j'avais peur, surtout le soir, est-ce que je vais y arriver, comment le rassurer quand il aura peur, est-ce que ce sera un garçon ou une fille, et s'il est malade, comment avoir la force pour ?

Ensuite, il y a eu une période un peu nerveuse, un peu électrique, nous passions la moitié de notre temps à rire pour rien et à parler de comment on allait faire, comment t'accueillir, comment t'élever, toi, tu seras vraiment une mère poule, tu rigoles, tu seras le premier à te précipiter s'il tombe, etc. L'autre moitié du temps, on s'engueulait pour des broutilles, à fleur de peau, avant de s'en rendre compte et de tomber dans les bras l'un de l'autre. Nous étions un jeune couple plein de vie, de soubresauts, de rêves à nouveau, tu es venu sur nous comme une renaissance.

Puis nous avons su que j'allais mourir. Les paroles se sont faites plus rares, tout de suite. On ne parlait que de ça, des questions, rendez-vous à l'hôpital pour une IRM, puis avec le docteur Gentiane pour la première fois.

— Vous allez mourir, Monsieur Delaitre. Pas tout de suite, mais bientôt. Notre travail, c'est de faire en sorte que ce soit le plus tard possible, et que vous soyez d'attaque le plus longtemps possible. Vous êtes d'accord avec ça ?

— Oui.

— Il va falloir vous battre, maintenant.

Je me souviendrai toute ma vie de ce qu'il a dit. Enfin, façon de parler. Il a fallu se résigner à t'attendre quand même, j'avais envie de revenir en arrière, j'avais envie que tu sois déjà là, j'avais envie de guérir et aussi de me punir et j'étais tellement désolé. Il a fallu que ta mère se fasse à l'idée, aussi. Mère célibataire, veuve, de nouvelles étiquettes déjà presque collées sur elle. De nouvelles tranches de souffrance à venir, promises, certaines déjà, elle allait devoir les attendre, apprendre à profiter des moments qu'il nous restait sans se dire tout le temps que, bientôt, je ne serais plus là.

Et puis nous avons su que tu serais un garçon. Mon fils. Mon merveilleux fils. La question des prénoms est arrivée, toujours irrésolue à ce jour, mille autres questions, mille préparatifs, et puis le boulot encore pour ta mère, moi l'hôpital, la solitude implacable de la maladie. J'ai commencé à t'écrire, tu es la seule personne dont je me sente vraiment proche aujourd'hui, il n'y a pas cette barrière de la mort entre nous, tu n'as pas encore appris la compassion un peu figée qu'on présente aux condamnés.

Le bureau a dû peu à peu être transformé en chambre, encore plus maintenant, Julie aura même enlevé la petite table. Ça me fait drôle, un peu mal, d'imaginer ça, tout est prêt pour toi, sauf moi. Je tourne en rond dans ma chambre d'hôpital. C'est une image, car je ne quitte plus mon lit. C'est simplement que je ne suis pas à ma place, tu comprends. Fred vient toujours, il a un peu capitulé, je crois. Il a perdu de sa légèreté, de sa distance face à ça. L'autre jour, j'ai vu ses lèvres trembler et ses yeux, il allait pleurer. Il accompagne son meilleur ami vers la mort, c'est normal. J'ai du mal à porter les souffrances des autres. Elles me blessent parce que c'est ma faute, le psy dit que non, oui, je vois un psy, il y a des psychologues dans le service, il faut accompagner les mourants. Je lui parle un peu, je ne lui dis pas grand-chose, l'essentiel est pour toi. On a rendez-vous une fois par semaine, je lui parle de ce que je ne te dis pas, ce qui est trop sombre, ce n'est pas pour l'oreille d'un enfant. Tu n'as pas besoin de connaître toutes les détresses qui précèdent la mort, j'en ai déjà sans doute trop dit ici.

Ce matin, j'ai vu Gentiane aussi. Une semaine, pour lui, c'est gagné, il a dit vous allez y arriver, Monsieur Delaitre. J'aime qu'il ait compris, je ne prétends pas à guérir ni à vivre trop longtemps, il ne faut pas oublier ce que ça coûte, j'aurai la décence de ne pas trop traîner, enfin, je voudrais pouvoir te serrer dans mes bras. Je vais y arriver, je crois, c'est un rêve, de toute façon, je pense qu'on ne réalise pas, avant la naissance, ce que c'est, c'est trop pour l'intellect humain, tout simplement. Nous sommes émotionnellement limités par notre imagination. J'ai peur de te manquer, je me sens faiblir déjà. Viens vite, je t'attends.

La natalité

Ça se passe il y a une heure. Julie appelle, j'ai un peu de mal à prendre le téléphone sur la table de nuit, je ne bouge presque plus, je m'énerve un peu.

— Ça y est.

— C'est vrai ?

— Je vais à l'hôpital. Fred m'accompagne.

Immédiatement, joie, stress, le monde va s'écrouler, rage de ne pas y être.

— Je vais essayer de convaincre Gentiane de me laisser bouger. Je suis avec toi. Je t'aime.

— Je t'appelle dès que je peux. Je t'aime. Je t'aime.

Te voilà, déjà, enfin. Je suis dans mon lit d'hôpital, comme toujours, dans ma prison toute blanche, de toute façon, prison ou pas, je ne peux pas me lever. Je suis désolé de ne pas être là pour ta grande entrée dans le monde, je suis désolé de ne pas accompagner Julie dans ce moment. Je suis désolé tout court, pour moi-même, je donnerais tout, comme on dit. Gentiane n'a rien voulu entendre.

— Impossible, mon brave. Je vous connais, vous seriez capable de me claquer dans les doigts dès qu'il pointera le bout de son nez, ce môme. C'est non ! Responsabilité, tout ça, procès, mesures disciplinaires, radiation de l'ordre, ma carrière passe avant votre impatience.

— Je vais crever de toute façon.

— Exact ! Mais vous tiendrez jusqu'à ce que votre femme sorte de la maternité pour faire connaissance avec votre fils, Monsieur Delaitre. Fin de discussion.

Salaud.

C'est pourquoi je t'écris, pour la dernière fois, je pense. Après, tu seras là, je n'aurais plus besoin, seulement tenter de te donner tout l'amour d'un père dans le peu de temps qu'il me reste. Je te dois un dernier aveu. Après ça, tu connaîtras tout de ma vie, tout ce qui compte, j'aurai fait de mon mieux, tu auras au moins l'image de ton père pour t'accompagner, tu sauras un peu qui j'étais. Ta mère te dessinera le reste, peut-être, ou peut-être qu'elle n'en parlera pas. Un dernier aveu, je n'en ai pas parlé, par honte, je suppose, parce que j'ai fait depuis comme si cela n'avait jamais existé.

Il faut que tu comprennes, d'abord, ce qu'était mon état d'esprit à ce moment-là. C'était un peu après Suzanne. Nous essayions d'avoir un enfant, et même ça, ça avait pris un peu moins de relief dans notre histoire, ou de couleur, ça avait rejoint les rangs de la routine qui ronge tout. Je peine à l'expliquer, c'était moins important, en quelque sorte à l'arrière-plan. Et puis ce qui avait été effacé par l'enthousiasme de notre nouveau projet était revenu. La pensée de Suzanne, un peu. Pas vraiment de la nostalgie, ou alors une nostalgie innocente, douce, un bon souvenir, l'image de cette chambre

Le carré jaune des fenêtres

d'hôtel avec le balcon et puis les Invalides là-bas et puis Suzanne et puis la voix de Suzanne. De temps en temps, je mettais la chanson de Leonard Cohen, lorsque j'avais envie d'y penser. Je me rappelle une fois, j'avais mis la chanson, nous étions à la cuisine, comme souvent, un café et une cigarette, après le dîner.

— J'adore cette chanson. Tu te souviens ? On l'écoutait tout le temps à la Cabine.

J'ai souri, oui, je m'en souviens maintenant, à la Cabine sous le ciel, à peu près dans la même position, sauf qu'il n'y avait pas vraiment de cuisine, enfin, c'était à la fenêtre, c'était le premier vinyle que j'avais acheté, le début de ma collection dont je t'ai dit que je tirais une certaine fierté. J'avais totalement oublié ce souvenir. Je me suis aussitôt senti extrêmement triste. C'est terrible, on vit quelque chose, on vit la même chose, Julie et moi, on a passé notre vie ensemble, et pourtant, la chanson nous renvoie à des univers tellement différents. Elle ne peut pas se douter que je souriais non pas pour la musique, pas seulement, mais pour la vraie Suzanne, la mienne, dans un hôtel du 7e arrondissement. Le même moment, et nous le vivons tellement différemment. Jamais les cœurs ne peuvent se parler, nous sommes tous prisonniers de notre propre monde unique, microscopique, en réalité, à notre mesure. On a vécu ceci, cela, des références, des images qui nous ont marquées, des odeurs, des sons, on ne peut pas en parler, ça ne sert à rien, de toute façon, on ne peut pas partager ça. On est seuls, une fois de plus, on est seuls, à côté les uns des autres, alignés, on ne se regarde pas. La chanson se termine, elle n'a pas perçu mon trouble. J'écrase ma cigarette. Je suis fatigué.

Le carré jaune des fenêtres

Je suis allé me coucher sans parler, ce soir-là. Souvent, c'était comme ça, l'un de nous se levait sans rien dire et allait se préparer. Je ne sais pas quand on a pris cette habitude. Tu me diras, on n'est pas obligés de se coucher en même temps, mais tout de même, sans rien dire et tout. Encore une solitude.

Bref, ce que je veux te dire, c'est qu'il n'y avait rien, presque plus rien, il n'y avait plus que toi. Et comme j'ai dit, on s'était en quelque sorte habitués à t'espérer.

Le jour où j'ai appris que ta mère était enceinte, texto de Julie, j'accours tout de suite au 4.20, etc. Je ne t'ai pas tout raconté sur ce jour-là. Ce que je t'ai dit, c'est que je préparais nos valises pour aller chez les parents de Julie, à côté de Royan, pour l'anniversaire de sa tante. C'était vrai. Simplement, ce n'est pas pour ça que je faisais mes valises.

J'allais partir, vraiment partir. Je ne sais plus quand j'y ai pensé pour la première fois. Au moment de Suzanne, peut-être, plutôt quand ta mère était à New York, là, j'y ai pensé vraiment, c'est devenu possible. Bien sûr, des dizaines de fois avant, je veux dire, on caresse l'idée, après ou avant une violente dispute, ça arrive, c'est normal, on l'envisage un instant juste pour se faire le film, on a un peu envie de croire que c'est possible, qu'on n'est pas acquis, il faut se méfier, elle devrait faire attention. Tu parles, on est accroché à l'autre, accroché à la vie qu'on mène et qui nous retient. D'abord, c'est devenu possible, donc, puis c'est devenu évident. Je ne sais pas bien comment ça s'est fait, le trop-plein, à quel moment, pourquoi ? Toujours est-il

Le carré jaune des fenêtres

qu'un jour, je me suis rendu compte de ça, mais je crois que c'était déjà là : je n'en pouvais plus. Je me sentais trop seul depuis trop longtemps, je n'avais pas la force de me battre encore, je me disais à quoi bon, autant partir. J'ai attendu. J'espérais que ça disparaîtrait, cette impression, que je rentrerais dans l'ordre, ce n'est pas arrivé. Alors, au lieu de partir à Royan, j'ai fait ma valise pour prendre un hôtel, je n'ai pas réfléchi où j'irais ensuite. Ta mère n'était pas là, j'ai tourné dans la chambre, je ne savais pas quoi emporter, pas grand-chose de toute façon, quelques fringues, enfin, ce n'est tout de même pas pareil que faire son sac pour partir en vacances. Je tournais en rond dans la chambre. Je n'avais pas la force d'affronter ta mère, c'est pour ça que j'ai choisi ce moment, je me suis dit comme ça, si elle me surprend en train de faire mes valises, elle pensera que c'est pour ce week-end. Après, j'ai reçu le message et tout a disparu.

Je te demande pardon, je ne savais pas que tu arrivais. Tu vois, notre histoire ne tenait qu'à un fil, comme on dit, moins qu'un fil, en fait. Ça a disparu quand tu t'es mis en route pour chez nous.

Pas de nouvelles, je m'attends à recevoir un coup de fil d'une minute à l'autre, enfin, ça peut durer longtemps, je devrais peut-être dormir. De toute façon, je ne sers à rien, ici, évidemment, je ne peux pas dormir. Alors je continue à écrire, j'ai au moins un peu l'impression de faire quelque chose, je participe, si l'on veut. J'ai envie d'arracher les pages précédentes, je ne sais pas si je dois te dire ça, mais je n'ai pas le droit de rayer mon départ, presque départ, de notre histoire comme ça, parce que j'en ai honte. C'est arrivé, j'ai menti à Julie en lui disant que j'avais commencé à préparer nos bagages pour aller chez ses parents. D'ailleurs, je ne savais pas très bien ce que j'allais dire exactement, quelque chose comme je ne t'accompagne pas ce week-end, j'ai besoin de temps pour y voir plus clair, je me pose des questions depuis quelque temps. Elle aurait dit c'est ridicule, pourquoi tu pars, et pourquoi tu pars alors que, de toute façon, je ne serais pas là ? Bien sûr, elle aurait compris que j'avais besoin de quitter l'appartement, de me pencher au-dessus du précipice, si je reste là, je suis encore enfermé, les murs autour et toutes les choses de nous m'auraient retenu, je voulais partir sans filet, peut-être revenir, peut-être revenir après avoir senti le vent du dehors vraiment sans elle. Ou peut-être partir vraiment, quitter Julie vraiment, je ne saurai jamais. Pas pour

Le carré jaune des fenêtres

Suzanne, disparue, radicalement impossible à retrouver ou à reconquérir, je n'avais de toute façon aucune envie de parcourir le monde à sa recherche, et je suis trop ancré dans le réel pour la suivre dans ses évanescences, pas Suzanne, mais être seul, goûter à ça de nouveau, après plus de dix ans, réapprivoiser ça, être seul parce que je me suis senti seul avec toi, Julie, l'être humain est étrange, non.

Et puis tu es venu. J'ai tâché de ne plus y penser. À vrai dire, je n'ai pas eu trop de mal, j'étais tout occupé par les phases de l'attente.

Et je n'ai toujours pas de nouvelles de ta mère, je me répète que tout se passe bien, il n'y a pas de raison, ça peut durer longtemps, bien sûr, peut-être qu'elle a un peu trop anticipé, elle a dû se précipiter à l'hôpital un peu tôt, surtout se sachant seule, ils ont dû la garder pour attendre un peu, ils n'auront pas voulu déclencher, d'ailleurs, Julie non plus n'aura pas voulu déclencher, enfin, elle est entre de bonnes mains. Je vais essayer de dormir un peu, je garde mon téléphone près de moi sur le lit.

Une heure passe, deux heures, je ne sais plus combien, il fait nuit, en tout cas, je ne dors pas. Pas d'appel, est-ce que c'est vraiment long ou est-ce moi qui suis trop impatient ?

Fred entre dans la chambre. Qu'est-ce qu'il fout là ? C'est quoi cette tête ? Il a l'air exténué, tendu, il se précipite de l'autre côté de mon lit pour prendre ma main valide. Fred, qu'est-ce qui se passe ?
— Julie.
Gentiane est là aussi, il a les mains dans les poches, il est très droit, très digne.
— Et le bébé ?
C'est la seule chose que j'arrive à articuler. Fred tente une sorte de sourire pour la forme, pour essayer de dire qu'il est là. Il serre fort ma main. Il serre fort et je serre aussi et j'ai mal, mais pas à la main, mais partout et c'est flou il n'y a plus rien je n'arrive pas à voir la lumière la seule lumière c'est que tu vas bien tu es stable il a dit ton état est stable qu'est-ce que ça veut dire en tout cas moi je ne suis pas stable Julie Julie. Je ne peux plus écrire, il n'y a pas de mots à poser sur ça, de toute façon, il ne me reste pas longtemps.

Le carré jaune des fenêtres

Julie est morte.

Je vais mourir aussi.

Je t'aime, je t'aime et je te demande pardon.

Mon enfant.

J'ai eu besoin de t'écrire, moi aussi. Tu es presque là, maintenant, pourtant, je ne suis pas prête à ce que ce soit fini. Je n'ai pas lu ce qu'Antonin t'a écrit, c'est à lui, bientôt, ce sera à toi, en tout cas, ça ne m'appartient pas.

Je vais mourir. Je le sais depuis longtemps. Ce n'est pas toi qui me tues, médicalement non plus, ce n'est pas toi, et c'est un choix que je fais la tête froide. On m'a proposé d'avorter, j'ai dit non. Puis nous avons appris qu'Antonin était malade, je pouvais encore dire oui, puisque c'était pour raison médicale. On m'a encouragée à le faire. Je n'ai pas voulu. C'est peut-être cruel, mais je n'en avais pas la force. Je n'en ai jamais parlé à Antonin. D'abord, j'ai cru qu'il allait mourir avant. C'est difficile d'écrire ça, c'est la première fois que je le mets sur le papier. Et puis nous avons eu l'espoir qu'il te voie, je n'ai rien dit non plus. Je ne pouvais plus, j'avais peur qu'il m'en veuille, je ne voulais pas qu'il ait mal. Je n'ai pas pu, en tout cas.

Tu vas me trouver insensible. Ce n'est pas que je n'ai pas de douleur, mais je ne veux pas t'accabler. J'ai peur que tu te sentes coupable, je te répète, ce n'est pas toi, alors je préfère taire un peu de ma souffrance.

Le carré jaune des fenêtres

L'autre jour, j'avais rendez-vous à la maternité. J'ai demandé ce qui allait t'arriver, après, à une petite dame toute serrée. Elle a eu l'air gênée par ma question, elle s'est un peu emmêlé les pinceaux.

— Si, et on est tout à fait en droit d'espérer que non, Madame, si jamais vous deviez, enfin, s'il y avait des complications, bien entendu, les services sociaux disposent de procédures d'urgence pour ce genre de choses.

Finalement, j'ai pu obtenir plus de détails, elle m'a dit que tu serais placé en priorité chez mes parents, sauf cas d'incapacité, par exemple, auquel cas tu bénéficierais d'un placement d'urgence en famille et pour l'adoption.

Je n'arrive pas à t'imaginer même avec mes parents. Je sais qu'ils seront formidables, comme ils l'ont été pour moi, tout de même, je prie pour que tu sois bien, je n'ai jamais prié en vingt ans, mais aujourd'hui, que veux-tu.

Je leur ai annoncé la nouvelle un peu après l'avoir su. J'ai fait le trajet jusqu'à Royan. Souvenir étrange que ces 24 heures où ils ont appris qu'ils allaient perdre leur fille et recueillir leur petit-fils. Ils t'aimeront comme ils m'ont aimée, j'en suis certaine. Je les remercie tellement.

Je vais souvent voir Antonin, il faut en profiter, n'est-ce pas. À lui non plus, je ne montre pas ces douleurs. Il en a suffisamment lui-même.

À Rose, j'ai vraiment failli le dire. J'ai passé des jours avec mon secret à la boutique, avec cette envie de lui dire qui brûlait les lèvres, vraiment, j'avais envie de les ouvrir et de déverser ça, le laisser s'échapper pour en avoir moins à porter, moi, lui dire, Rose, tu sais quoi, je vais mourir.

Le carré jaune des fenêtres

Et puis non, impossible d'aborder le sujet entre des étagères d'origamis pastel et de tote-bags imprimés. J'ai seulement dit que le médecin m'interdisait de travailler. Elle s'y attendait, elle s'était préparée, d'ailleurs elle avait pris une place plus importante depuis l'épisode de New York. Je suppose que ton père t'en a parlé, si tu veux bien, je préfère ne pas revenir dessus.

C'était dur de partir, pour elle, c'était temporaire, je savais que je ne recommencerais jamais à travailler à la boutique, ce n'était pas très grave en soi, mais quand même, c'était mon bébé, cet endroit. Façon de parler.
— Je te laisse carte blanche, évidemment. Si tu veux tout chambouler, tu peux. Et je ne suis pas plus loin qu'un coup de fil si tu as besoin de quoi que ce soit. Tous les contacts sont sur l'ordinateur, ils sont classés par catégorie, graphistes, artistes, fournisseurs, enfin, tu vois ce que je veux dire. Vraiment, fais comme chez toi.
Je n'ai pas eu la force d'en dire plus. J'ai eu l'impression de lui léguer quelque chose, un goût de dernières volontés comme de la cendre dans la bouche. Je ne sais pas ce qu'elle en a compris.

Ce n'est pas ça que je veux te dire, je ne veux pas te parler de douleur, mais toujours la souffrance revient, il n'y a que ça en ce moment, la souffrance et l'attente, il ne faut plus y penser, pourtant.

Je veux te parler d'autre chose. Il y a si peu à dire, l'essentiel n'est pas dans les mots, je n'ai jamais eu besoin d'eux, contrairement à Antonin qui a toujours voulu tout parler, c'est une des nombreuses différences entre nous. Je dois m'incliner et laisser la main, une autre que moi sera ta mère.

Il y a si peu à dire pour te préparer au monde que tu vas rencontrer. Je voudrais te l'expliquer en entier, pourtant qu'y a-t-il vraiment à comprendre. La vie est une garce, il ne faut pas t'étonner des coups, ils viendront, il n'y a rien à faire pour les éviter. La preuve, c'est qu'elle te frappe déjà avant même que tu naisses. Je crois qu'il faut l'accepter, je veux dire, ne pas chercher à trop le comprendre. Il y a le mal, c'est une évidence, c'est tout. Il est partout où tu regarderas, entre les nations qui sont nées sur l'acier et le sang, entre les peuples qui sont nés sur la haine et la peur, entre les croyances qui sont nées sur l'ignorance et l'espoir, entre les voisins forcés de se survivre chaque jour, entre les amants qui se déçoivent par leurs petitesses.

Il ne faut pas en vouloir à l'homme, il a toujours été ainsi, il n'y a pas à être particulièrement déçu. Une grande partie de la vie est faite de peur, de jalousie et d'avarice. Il faut absoudre l'homme de ses péchés, parce qu'il peut s'élever au-dessus de ses propres tares. S'il est pire qu'une bête sur presque tous ses penchants, heureusement, heureusement, il y a la beauté.

La beauté lave tout. Elle n'appartient qu'à l'homme, ni aux bêtes ni même à Dieu, puisque si Dieu crée la nature, il n'est pas artiste, il n'y a pas de beauté dans la nature, la nature se contente d'être et c'est tout, les paysages nous touchent quand ils sont dans notre œil, ils n'ont pas fait exprès. Il n'y a que l'homme pour être beau, et la beauté lave tout, elle pardonne le meurtre, le viol, la famille, les portes claquées, les crachats et les holocaustes, la beauté est la

Le carré jaune des fenêtres

rédemption, la beauté et l'art qui la porte, et l'amour qui la porte.

Bien sûr, il y a 1572 et la Saint-Barthélemy, il y a 1933 et 1938 et les années de sang, il y a les prisons et les goulags et les fouets, il y a les chars de 68 qui font trembler le pont Charles et ceux de 89 qui tirent dans la foule, il y a le 11 septembre et toutes les bombes, et il y a nos petites guerres à nous. Je n'ai rien à répondre à ça, mais je me souviens qu'il y a aussi 1776 et 1848 et tous les espoirs des peuples, il y a 1945 et 1989 et les murs qui s'écroulent, il y a ça aussi et nos petits héroïsmes à nous.

Voilà ce que je crois, ce n'est pas original, ce n'est pas rebelle, c'est simplement que la transcendance est le seul moyen de faire de l'homme un peu plus qu'un homme, c'est pour ça que les artistes sont vénérés ou haïs, c'est pour ça que les frissons viennent quand on dit des mots justes, parce qu'on sent qu'on rachète toute la boue du monde.

Alors, il faut que tu cherches la beauté. Elle peut être partout, mais elle est souvent bien cachée. C'est mon vœu pour toi, mon testament, si tu veux. Je te lègue la beauté du monde comme seule lumière et comme seul rêve. Fais de ta vie une lutte pour la beauté, élève-la en valeur suprême, prends-la comme la seule noblesse, car il n'y a pas d'autre richesse ici.

Je te l'offre et je te promets des nuits de fête, je te souhaite Rimbaud et Nerval, Brel et Morrison, Rothko et Degas, je te les offre, je te souhaite de boire un peu trop, de fumer quelquefois, je t'offre une promenade main dans la

Le carré jaune des fenêtres

main dans les rues froides, il faut se serrer pour avoir chaud, tu proposeras de s'arrêter boire un café, je te prédis le frisson aussi quand le matin arrive et que tu regardes l'ami avec qui tu es allé danser peut-être et tu sens que vous avez le monde entre vos mains, vous n'aurez pas envie de rentrer, j'espère que l'un d'entre vous dira qu'il faut sauter dans un train.

Tu vois, moi qui ne vis pas dans les mots, ils sortent sans s'arrêter, maintenant. Je n'ose pas me relire, j'ai peur d'être mièvre, ce n'est pas grave, je suis ta mère, bien sûr que les phrases transpirent.

Tu auras deux parents qui t'aiment, Fred et Rose pour parrain et marraine, tu ne seras jamais seul. J'ai voulu que tu portes le nom de ton père, Delaitre, sans l'avoir connu, tu auras toujours un bout de lui avec toi.

Et nous, nous t'aurons aimé, pas assez longtemps, mais tellement.

J'ai demandé à mes parents qui seront aussi un peu les tiens de conserver ces pages comme un trésor qu'ils te livreront quand ils le jugeront utile. Est-ce vraiment utile ?

Tu connaîtras notre vie, pourquoi faire, peu importe, peut-être que tu y trouveras un peu de ton histoire, au fond, quelques réponses aussi, qui sait.

Il y a tant d'autres choses que j'aurais voulu te dire. Je dois passer la main. Je ne sais pas où nous serons, peut-être que nous veillerons sur toi, je n'y ai jamais cru, mais maintenant, j'espère. J'imagine qu'on verra bien. Ce n'est pas à moi de te donner des conseils ou des consignes, fais de ta

Le carré jaune des fenêtres

vie ce que tu en veux, n'attrape pas froid, fais attention en traversant, essaie de vivre avec beaucoup d'amour.

Ta maman qui t'aime.

Collection Magnitudes
Dirigée par Yoann Laurent-Rouault

Notre collection littéraire phare regroupe toutes sortes d'œuvres littéraires, qu'il s'agisse de romans, de poèmes, de nouvelles, etc. Cette collection a la spécificité d'introduire des chiffres dans le domaine littéraire. Sur chaque livre de la collection est apposé un chiffre qui traduit le caractère plus ou moins choquant du texte.

4.0 Faible magnitude. Texte tout public.
5.0 Moyenne magnitude. Texte tout public.
6.0 Assez forte magnitude. Texte comportant des éléments susceptibles de heurter la sensibilité du lecteur.
7.0 Forte magnitude. Texte pour lecteur informé.
8.0 Très forte magnitude. Texte pour lecteur averti.
9.0 Magnitude extrême. Texte déconseillé aux âmes sensibles.
9.5 Magnitude ultime. Texte pouvant très fortement ébranler le lecteur, totalement déconseillé aux personnes sensibles.

***

A paraitre dans la collection Magnitudes

3
Franck Antunes - Magnitude 6.0

De stockholm à Lima 3
Ana Jan Lila et Arthur Saint-Servan – Magnitude 9.5

Découvrez les autres romans de la collection Magnitudes

- **Le chant des Brisants**
  Alain Maufinet - Magnitude 5.0
- **Printemporel**
  Louise Frottin – Magnitude 8.0
- **Le connard nu**
  Arthur Saint-Servan – Magnitude 7.0
- **Le grand con**
  Tony Gallau – Magnitude 7.0
- **L'âme du manguier**
  Béatrix Delarue – Magnitude 5.0
- **Colliers de nouilles**
  Martine Magnin – Magnitude 6.0
- **La tragédie de Fidel Castro**
  João Cerqueira – Magnitude 8.0
- **Poupée musclée sur lamelles de bonheur**
  Inès Vignolo – Magnitude 8.0
- **La demoiselle de nulle part**
  Thomas Degré – Magnitude 7.0
- **Frissons avec sursis**
  Didier Michel – Magnitude 7.0
- **Arythmies**
  Laetitia Cavagni – Magnitude 8.0
- **D(i)eux**
  Franck Antunes – Magnitude 6.0
- **Villa des orangers**
  Régine Ghirardi – Magnitudes 4.0
- **Cendrillon de trottoir**
  Bianca Bastiani – Magnitude 8.0
- **Alice aux petites balles perdues**
  Aurélie Lesage - Magnitude 7.0
- **De Stockholm à Lima**
  Ana Jan Lila – Magnitude 9.0
- **De Stockholm à Lima 2**
  Ana Jan Lila et Arthur Saint-Servan – Magnitude 9.5
- **J'ai tangué sur ma vie**
  Maryssa Rachel – Magnitude 7.0

D(i)EUX
de Franck Antunes

Léo écrit pour changer le monde.
Changer le monde… Quelle drôle d'idée !
Pourquoi ? Il n'est pas bien tel qu'il est, le monde ?
Et si cela devenait quand même possible ?
Une, D(i)eux, trois, mon stylo n'est pas en bois.

Découvrez les autres collections de JDH Éditions

Magnitudes
Drôles de pages
Nouvelles pages
Essai
Uppercut
Versus
Les collectifs de JDH Éditions
Case Blanche
Hippocrate & Co
My feel good
Romance Addict
F-Files
Black Files
Les Atemporels
Quadrato
Baraka
Les Pros de l'éco

Suivez **JDH Éditions** sur les réseaux sociaux
pour en savoir plus sur les auteurs,
les nouveautés, les projets…

Inscrivez-vous à notre Newsletter sur
www.jdheditions.fr
Pour recevoir l'actualité de nos nouvelles
parutions

L'Édredon
La revue littéraire de JDH Éditions

Venez découvrir les textes de la revue